글삶 장편 소설

FUSION FANTASTIC STORY

세상을
다 가져라

GET ALL
THE WORLD

세상을 다 가져라 5권

글삶 장편 소설

초판 1쇄 찍은 날 § 2015년 8월 24일
초판 1쇄 펴낸 날 § 2015년 8월 31일

지은이 § 글삶
펴낸이 § 서경석

편집책임 § 김현미

펴낸곳 § 도서출판 청어람
등록번호 § 제387-1999-000006호
등록일자 § 1999. 5. 31
어람번호 § 제1-2200호

주소 § 경기도 부천시 원미구 부일로 483번길 40 서경B/D 3F (우) 420-822
전화 § 032-656-4452 팩스 § 032-656-4453
http://www.chungeoram.com
E-mail § chungeorambook@daum.net

ISBN 979-11-04-90365-6 04810
ISBN 979-11-04-90120-1 (세트)

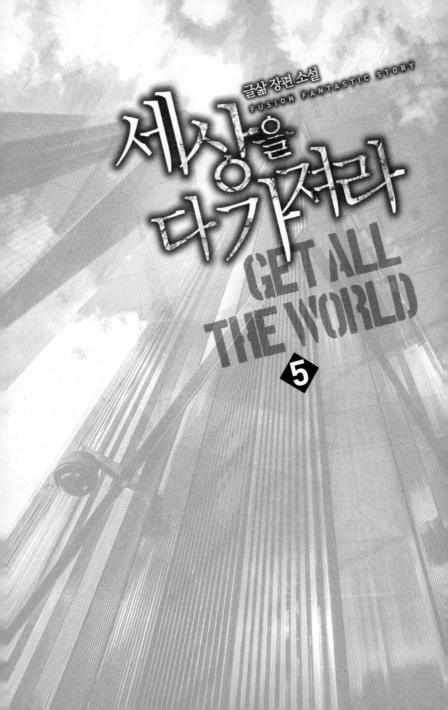

CONTENTS

제46장

지젠느 특경대 대장 필립 알퐁소

GET ALL
THE WORLD

필립 알퐁소는 그저 어이없고 황당할 뿐이었다.

어떻게 봐도 지금 혁준의 태도는 도발이었다.

처음에는 장난인가 했다.

입가에 미소를 머금고 있긴 했지만, 그건 재밌는 놀이를 앞둔 기대감일지언정 장난기는 아니었다.

치기나 객기로도 보이지 않는다.

목을 까닥거리거나 어깨를 돌리며 몸을 푸는 동작에선 여유마저 느껴졌다.

정말이지 이해가 되지 않았다.

걸음걸이만 보아도 그 사람의 실력 정도는 가늠할 수 있는 그다.

그런 그의 눈에 혁준은 그야말로 초짜였다.

제대로 훈련을 받았거나 무술을 배운 흔적이 전혀 없었다.

그런데 왜일까?

이 이유모를 긴장감은?

작전 때나 느꼈던, 살갗을 따갑게 만드는 이 위험신호는?

필립 알퐁소는 새삼스러운 눈으로 혁준을 보았다.

경호 임무를 맡기 전까지는 그가 누군지도 몰랐었다.

어렴풋이 이름은 들어본 기억이 있었지만 훈련과 작전이 삶의 전부였고 기껏해야 군사 무기에 대한 취미 정도가 그의 유일한 유희거리라 할 수 있었다.

그런 그가 혁준에 대해 아는 거라고는 세계 제일의 부자라는 것과 가족관계 정도였다.

경호를 위해선 보다 많은 정보가 필요했지만 워낙에 급부상한 사람이라서 그런지 그에 대한 정보가 그렇게 많지가 않았다.

그래서 그도 그저 혁준을 젊은 부자 정도로만 알고 있었다.

어린 나이에 세계를 무대로 자신의 재능을 마음껏 펼치고 있는 천재 사업가.

천재든 사업가든 지금의 이 같은 도발과는 거리가 멀다.

지금의 이 긴장감이나 위험 신호와도 어울리지 않는다.

"전 이제 준비가 됐고, 필립이야 더 준비할 것도 없어 보이고…… 어때요? 시작할까요?"

이번 말은 영어였기에 알아들을 수 있었다.

경호 대상으로부터 이런 도전을 받아본 적은 한 번도 없었다. 그래서 과연 이 도전을 받아들여야 할지 잘 판단이 서지 않았다.

하지만 궁금했다.

이 눈앞의 천재 사업가가 대체 뭘 믿고 이러는 건지, 지금의 긴장감과 위험 신호는 또 무슨 이유에선지 직접 확인해보고 싶었다.

그래서 자세를 잡았다.

"그럼 가볍게 한 번……."

조금은 가벼운 마음으로 혁준의 도전에 응했다.

그런데 그 순간이었다.

그가 자세를 잡는 바로 그 순간, 기다렸다는 듯이 혁준이 땅을 박차며 그를 향해 무서운 속도로 덮쳐들었다.

"헛!"

빨랐다.

그리고 절로 다급성이 입 밖으로 튀어나올 만큼 맹렬했다.

마치 한 마리 맹수가 돌진해 오고 있는 것 같았다.

그 위압감에 급히 뒤로 걸음을 물리는 알퐁소다.

하지만 그가 걸음을 뒤로 물리는 것보다 맹수처럼 덮쳐드는 혁준의 속도가 더 빨랐다.

닿을 듯 필립 알퐁소의 가슴 안쪽으로 파고든 혁준이 그의 옷깃을 잡아채기라도 할 듯이 손을 뻗었다.

"큭!"

다시 한 번 다급성을 토한 필립 알퐁소가 혁준의 손을 급히 옆으로 흘리며 바닥을 굴렀다.

그러나 혁준은 그보다도 빨랐다.

이미 방향 전환을 끝내고는 그에게로 덮쳐들고 있었다.

'뭐가 이렇게 빨라?'

도무지 사람의 움직임이라고 생각할 수 없었다.

아니, 단지 빠르기만 한 거라면 차라리 괜찮았다.

경쾌하다 못해 표홀하기까지 한 그 움직임에선 마치 불도저 같은 힘까지 느껴지고 있었다.

도무지 맞붙어볼 엄두가 나지 않는다.

혁준의 공격 범위 안으로 들어가야 어떻게든 반격이라도 해볼 텐데 그러기는커녕 혁준의 공격을 피하기에 급급한 실정이었다.

그나마 이만큼이라도 버틸 수 있는 것은 혁준의 그 예상 밖의 놀라운 신체 능력에 비해 실력은 터무니없을 정도로 완전히 초짜라는 것이다.

역시 훈련을 받은 흔적이 없다.

기본에 기본조차 되어 있지 않았다.

반대로 필립 알퐁소는 그야말로 기술과 경험, 육감까지도 총 동원한 상태였다. 그렇게까지 하고서도 외줄타기를 하듯 겨우겨우 혁준의 공세를 비껴내는 것이 전부였다.

말도 안 되는 상황이었다.

마치 꿈이라도 꾸고 있는 것 같았다.

사람이 어떻게 저런 운동 능력을 보여줄 수 있는지 도무지 이해가 되지 않는다.

'사람인지 원숭이인지… 아니, 고릴라에 더 가깝나?'

절로 혀를 내두르게 된다.

그래서 오히려 더 승부욕이 끓어올랐다.

모처럼 느끼는 이 치열하고 아슬아슬한 감각들이 딱 기분 좋을 만큼 그를 뜨겁게 만들고 있었다.

반대로 혁준은 오히려 슬슬 짜증이 나고 있었다.

'이건 뭐 미꾸라지도 아니고……'

잡힐 듯 잡힐 듯하면서 잡히지 않는다.

필립 알퐁소의 움직임은 눈에 훤히 보이는데, 분명 속도도 힘도 그가 월등히 앞서 있는데 이상하게 닿지가 않는다.

'역시 고수라는 건가?'

언젠가 책에서 읽은 적이 있었다.

고수들은 상대의 눈만 보고도, 또 근육의 미세한 떨림만으로도 상대가 어디를 공격할지 알 수 있다고.

필립 알퐁소 또한 자신의 움직임을 미리 읽고 있는 것이 분명했다.

솔직히 가볍게 생각하고 시작한 일이었다.

아니, 만만하게 봤다.

아무리 지젠느의 특경대 대장이라고 해도 그의 신체 능력이라면 충분히 이길 수 있을 거라 생각했다.

그런데 막상 이렇게 대련을 시작하고 보니 전문가라는 건, 숱하게 사선을 넘나들며 다져온 그 경험과 실력이라는 건 그가 섣불리 재단할 수 있는 것이 아니었다.

'그렇다곤 해도…….'

자신이 질 리가 없다.

실제로 시종일관 그가 압도하고 있었다.

시간이 지날수록 그의 힘과 속도에 익숙해진 필립 알퐁소의 얼굴에선 옅게나마 여유가 보였지만, 그래도 그는 자신감이 넘쳤다.

필립 알퐁소가 그의 힘과 속도에 익숙해진 것만큼 필립 알퐁소가 보여주는 그 예측불허의 움직임에 혁준도 어느 정도 적응이 된 상태였다. 게다가 무엇보다도 그는 아직 최선을 다한 것이 아니었다.

　　그리해 지금 이 순간,

　　"차앗!"

　　힘차게 기합성을 내지르며 필립 알퐁소에게 몸을 날렸다. 혁준은 지금까지보다 훨씬 더 빨랐고 훨씬 더 강했다.

　　하지만 그처럼 빠르고 강한 공격조차 피해내는 필립 알퐁소였다.

　　'역시!'

　　이미 그 정도는 예측을 하고 있던 혁준이다.

　　심지어 필립 알퐁소가 어디로 어떻게 피할지도 이미 계산하고 있었고 그 계산은 정확히 맞아 떨어졌다. 당연히 이어진 공격은 더욱 날카로워졌다.

　　그러나 필립 알퐁소는 그마저도 피해 버렸다.

　　하지만 거기까지였다.

　　'잡았다!'

　　거기까지도 예측을 하고 있던 혁준이 필립 알퐁소가 피하는 길목을 그보다 빠르게 막아섰고 드디어 필립 알퐁소의 옷깃을 잡아채는데 성공했다.

그야말로 세 수 앞을 내다본 회심의 일격이었다.

그걸로 끝날 거라 생각했다.

그의 힘과 스피드라면 아무리 필립 알퐁소라고 해도 절대로 벗어나지 못할 거라 확신했다.

그런데 그렇게 필립 알퐁소의 옷깃을 잡아챈 순간이었다.

알퐁소가 혁준에게 잡힌 옷을 단숨에 벗어젖히며 그 옷으로 혁준의 팔을 말더니 묘한 각도로 꺾어버렸다. 팔 하나가 제압되었다지만 그건 상체 전부가 제압된 것이나 다름없었다. 그렇게 혁준의 상체를 제압한 그가 혁준의 뒤로 돌아서 오금을 툭 쳐서 무릎을 꿇리더니 남은 한 손으로 그대로 혁준의 목을 졸라 버렸다.

"커억!"

어떻게 방비할 틈도 없었고 뿌리칠 방법도 없었다.

그 모든 일련의 동작은 그야말로 눈 깜짝할 사이에 벌어진 일이었다.

완전히 옴짝달싹도 못하게 제압당한 혁준으로서는 '기브업'을 외치는 것 말고는 아무것도 할 수가 없었다.

그제야 필립 알퐁소로부터 풀려날 수 있었다.

"괜찮습니까?"

겨우 트인 숨을 켁켁거리며 토해내고 있자 필립 알퐁소가 그에게 승자의 여유를 보이며 손을 내밀었다.

그렇게 내민 손을 보고서야 혁준은 자신이 졌다는 것을 인식했다.

졌다.

그런데 그다지 불쾌하지 않았다.

너무 깔끔하게 져버려서 그런지 오히려 속이 시원하기까지 했다.

게다가 자신이 졌다는 사실보다 원 플러스 원이 된 자신을, 그 압도적인 힘의 차이를 군더더기 없는 간결함과 노련함으로 간단히 극복해 버린 필립 알퐁소의 실력에 경외감이 들기까지 했다.

혁준은 자신의 앞에 내밀어진 필립 알퐁소의 손을 기분 좋게 잡고 일어섰다.

"역시 지젠느 특경대 대장님이네요. 도무지 못 당하겠습니다. 지젠느에선 필립이 최고겠죠?"

"아닙니다. 지젠느 최고는 대테러 부대 대장 바튼 대위입니다. 바튼 대위와 대련하면 세 번 중 한 번 이기기도 어렵습니다."

필립 알퐁소의 말은 결코 겸손으로 들리지 않았다.

혁준은 고개를 잘래잘래 내저었다.

'그동안 난 무슨 배짱으로 겁도 없이 혼자 싸돌아다녔던

거야?'

미국, 영국, 러시아 등등… 군사 강대국에는 프랑스의 지 젠느에 못지않은, 그 나라를 대표하는 대테러 진압 부대가 있었고 그들 중에는 당연히 필립 알퐁소 같은 강자들도 있 을 터였다. 그런 만큼 반사회 단체 또한 그들에 대적할 만한 강자들이 포진되어 있을 것이고 그런 테러리스트들에겐 자 신 하나 납치하는 것쯤은 일도 아니었을 것이다.

'거기다 총기까지 사용할 테니……'

생각이 거기에까지 미치자 머리털이 다 쭈뼛 선다.

그 알량한 신체 능력 하나만을 믿고 지금껏 아무런 방비 도 안 했던 자신이 실로 무모하게 느껴졌다. 지금까지 아무 탈이 없었던 것만 해도 얼마나 운이 좋았었는지를 이제야 깨닫게 되는 혁준이다.

'그러니까 지금 제일 먼저 해야 할 일은 경호단을 꾸리는 거로군.'

그리고 이왕 꾸리는 거 이참에 아예 군대만큼이나 강력한 사설 경호단을 꾸리는 게 좋을 것 같았다.

혁준이 그런 생각을 하고 있는데 필립 알퐁소가 조금은 혼란스러운 표정으로 혁준에게 물었다.

"그런데 말입니다. 동양 무술 중에는 내공이라 해서 인간 이 가진 육체의 한계를 넘어서게 하는 무술이 있다고 하던

데, 무슈 권이 익힌 것이 혹시 그 내공이라는 겁니까?'

필립 알퐁소의 말에 순간 하마터면 웃음을 터뜨릴 뻔했다.

내공이라니?

'무슨 무협지도 아니고…….'

하지만 달리 생각해 보면 그 심정을 충분히 이해할 수 있었다.

그것 말고는 혁준의 신체 능력을 설명할 마땅한 방법이 없는 것이다.

그래서,

"뭐, 그 비슷한 거예요."

혁준도 그냥 대강 그렇게 얼버무렸다.

그리고 바로 화제를 돌렸다.

"그보다 필립. 우리 내일 대련 한 번 더 해요."

단순한 승부욕이 아니었다.

패배에 대한 투정도 아니었다.

호신의 중요성을 깨달은 마당이었고 필립 알퐁소에게라면 호신에 필요한 실전 무술이란 것을 제대로 배울 수 있을 것 같아서였다.

그렇잖아도 혁준과의 대련이 꽤나 즐거웠던 필립 알퐁소다. 그런 만큼 아쉽기도 했고, 또 한편으로는 혁준의 신체 능력이 대체 어느 정도인지 제대로 확인해 보고 싶은 호기심도 있었다.

그래서 흔쾌히 고개를 끄덕였다.

"무슈 권과의 대련이라면 얼마든지요. 기꺼이 응하겠습니다."

그날부터 혁준과 알퐁소는 매일 아침 대련으로 하루를 시작했다.

제47장
그랑 카지노

혁준의 실력은 하루가 다르게 일취월장했다.

거기다 알퐁소의 배려로 특경대 대원들이 한 명씩 번갈아 가면서 그의 대련 상대가 되어주기도 해서 보다 다양한 체험을 할 수가 있었다.

대원들 역시도 산전수전 다 겪은 베테랑이었다.

그들과의 대련에서도 혁준은 번번이 지기만 했다.

하지만 그렇게 일주일이 지나자 상황이 조금씩 바뀌기 시작했다.

"져, 졌습니다."

그렇게 패배를 자인한 것은 혁준이 아니라 특경대의 안토니오였다.

"웃샤!"

혁준이 기분 좋게 포효했다.

첫 승리였다.

수를 헤아릴 수도 없이 땅에 메치기를 당한 끝에 드디어 첫 승리를 일구어낸 것이다.

그때부터였다.

첫 승리까지는 길고 길 굴욕의 연속이었지만 그 승리 이후로는 파죽지세로 특경대 대원들을 무너뜨렸다.

하지만 그렇게 실력이 부쩍 늘어 가는데도 알퐁소만은 끝끝내 한 번도 이기지 못했다.

될 듯 될 듯하면서도 항상 간발의 차이로 지곤 했다.

이제 나올 건 다 나왔겠지라고 생각하면 어느새 다른 기술이 튀어나와 승부를 결정지어 버리곤 했다.

그 변화무쌍함에 매번 감탄만 하게 되는 혁준이다.

매번 감탄을 하고 있는 건 필립 알퐁소 역시도 마찬가지였다.

대체 어떤 운동 신경을 가지고 있는 건지, 대체 그 신체 능력의 한계가 어디까지인 건지 불과 보름 만에 지젠느의 실전 기술을 거의 다 마스터해 버렸다. 경험을 제외하고 힘과 기술만 놓고 보면 이미 자신을 상회하고 있다고 해도 과언이 아니었다.

정말이지 필사적으로 임하고 있었다. 잠깐의 방심이 바로 패배로 직결되리란 걸 알기에 부하들 앞에서 굴욕을 당하지 않기 위해 정말이지 온 힘과 가진 기술을 다 짜내서 상대하고 있었다.

하지만 그것도 이제 한계였다.

하루하루가 다른 혁준의 가공할 만한 성장 속도에 자신의 경험과 기술이 따라가지 못하고 있었다. 이대로라면 과연 며칠이나 더 버틸 수 있을지 장담할 수 없는 일이었다.

'내일은⋯ 휴가라도 낼까?'

*   *   *

지젠느 특경대와 보내는 시간은 혁준에겐 상당히 충실한 느낌이었다.

간만에 흘리는 땀도 상쾌했고 치열한 긴장감과 승부욕도 재밌었다. 그런 한편으로 대련을 하면 할수록 이 필립 알퐁소라는 사람이 탐이 났다.

그래서 한 번은 지젠느를 그만두고 자신의 경호단을 맡아주지 않겠냐며 스카우트 제의를 해보기도 했다. 물론 상당히 좋은 조건도 제시했다.

하지만 일언지하에 거절당했다.

지젠느 특경대 대장으로서의 자부심은 돈 몇 푼으로 살수 있는 것이 아니었던 것이다.

대신 전날 말했던 그 경호업체를 거듭 추천했다.

"이미 말씀드렸지만 제 직속상관이셨던 얀 마르틴은 저보다 훨씬 더 뛰어난 분이십니다. 현재 지젠느 최고라는 대테러 부대의 대장 바룬 대위를 직접 가르치기도 했구요. 그분이야말로 세계 최고라는 수식어에 가장 잘 어울리는 분이죠. 실제로 지젠느의 가장 큰 업적 중 하나로 꼽히는 5년 전에어프랑스 납치 사건 때, 지젠느 대테러 부대를 이끌고 직접 작전을 수행했던 것도 그분입니다."

필립 알퐁소가 그렇게 극찬까지 하니 관심이 가기는 했다. 그쪽으로 연락을 안 해본 것도 아니었다. 그래서 이곳의 사설 경호팀을 이미 그 경호업체로 교체를 하기도 했다. 하지만 정작 얀 마르틴이란 사람은 만날 수가 없었다.

개인적인 일로 3일간 자리를 비웠다는 것이다.

그런데 벌써 보름이 넘도록 감감무소식이었다.

'여기 와선 뭐 하나 딱딱 제 시간에 이루어지는 게 없네.'

수진이만 해도 이런저런 이유로 원래 오기로 한 날짜보다벌써 일주일이나 늦어지고 있었다.

'내가 원래 이렇게 한가한 사람이 아닌데 말야.'

어차피 동생 결혼식에 관한 건 부모님과 얼추 상의를 끝냈다.

상견례 날도 다음 달 중순에 하는 걸로 정했고 식장이나 예단에 관한 부분도 요란하지 않게 준비하기로 했다.

그러니 수진이만 보지 못했다 뿐, 프랑스에서의 할 일은 모두 마친 셈이었다. 수진이야 한국으로 돌아가는 길에 영국에 들러서 잠깐 얼굴을 봐도 되는 일이었다.

결국 고민 끝에 일단은 한국으로 돌아가기로 하고 부모님께 말씀을 드리려 했다. 그런데 어쩐 일인지 어머니가 보이지 않았다.

"어디 가셨어요?"

"모나코에 갔다."

"모나코요?"

아버지의 말인즉슨, 갑자기 모나코로 학술 세미나가 잡혔고 다음 주에나 돌아온다는 것이었다.

'모나코라고?'

모나코라면 프랑스 끝에 붙어 있는 세계에서 두 번째로 작은 나라였다. 인구가 3만 명도 되지 않지만 1인당 국민소득은 한국의 세 배가 넘는, 세계에서 손꼽히는 관광대국이었다.

사실은 일찍부터 관심을 가지고 있던 나라였다.

그도 그럴 것이 그가 경제특구를 계획했을 때 차유경이 롤 모델로 제시해 준 곳이 바로 모나코였던 것이다.

경제특구와 관광대국은 근본부터가 달랐지만 모나코가 가진 모나코만의 특별함이 그의 마음을 움직였다.

모나코에는 군대가 없었다.

국방에 관한 모든 것은 프랑스에 의존했다.

심지어 소득세도 전면 면제였다.

그런데도 모나코는 부유한 나라에 속했다.

세계의 내로라하는 부자들이 가장 살고 싶어 하는 나라.

그런 내로라하는 부자들이 돈을 싸들고 와서 귀화 신청을 해도 자격이 되지 않으면 절대로 문을 열어주지 않는 도도하고 콧대 높은 나라.

게다가 그 성장 속도는 가히 경이적이라 할 정도여서 앞으로 십여 년 후에는 1인당 국민소득이 지금의 열 배인 무려 20만 불을 넘겨 버린다.

모나코는 그런 나라였다.

그리고 그런 모나코와 흡사한 환경 속에 있는 것이 바로 경제특구였다.

현재로선 자위대를 가질 수 없다는 것도 그랬고 물, 가스 등 생필품을 한국에 의존할 수밖에 없다는 것도 모나코와 같았다.

한국 안에 또 하나의 왕국이라는 점에서도 모나코와 닮았다.

그래서 모나코가 롤 모델이었고 이상향이었다.

한국에 소득세 면제를 제안했던 것도 사실 모나코를 흉내 내본 것이었다.

'내가 왜 모나코를 생각 못했지?'

이왕 프랑스까지 왔으니 견학 삼아서라도 당연히 한 번 들렀어야 했다.

경제특구의 롤 모델이자 이상향의 나라를 바로 지척에 두고도 지금까지 멍하니 시간만 허비하고 있었던 스스로가 너무 바보같이 느껴졌다.

그에 혁준은 바로 모나코로 날아갔다.

아니, 모나코는 공항조차 없었다.

모나코로 갈 수 있는 최단 코스는 니스 코트다쥐르 공항까지 전용기를 타고 간 후, 거기서 철도나 도로를 이용하는 것이었다.

다행히 필립 알퐁소가 길을 알고 있어 딱히 가이드가 필요하지는 않았다.

그렇게 도착한 모나코는 반이 육지고 반이 항구인 느낌이었다.

물론 아름다웠다.

관광대국답게 눈앞에 펼쳐지는 전경들은 그야말로 한 폭의 그림이나 다름없었다. 그런데 그런 아름다움은 부수적인 것에 지나지 않았다.

모나코에 들어서서 혁준이 가장 먼저 느낀 것은 '부티'였다.

그도 그럴 것이 영화 속에서나 나올 법한 희귀하고 고급스러운 요트들이 모나코 항구에 틈새도 없이 빼곡하게 정박해 있었던 것이다.

게다가 도시 안을 가득 채우고 있는 고풍스러우면서도 깔끔한 건물들도 그런 부티에 멋을 더하고 있었다.

'우리 경제특구도 딱 이렇게 만들었으면 좋겠는데 말이야.'

모나코의 유명 관광지인 해양 박물관과 열대 정원, 라흐보도 해변 등을 둘러보다 보니 욕심이 났다.

물론 무리한 생각이었다.

현재는 건설 기간을 최대한 줄이는 것을 최우선으로 하고 있었다. 한계치까지 물량공세를 퍼붓고 있다 보니 지금만해도 예산이 빠듯한 실정이었다.

어차피 매분기 들어오는 로열티만 해도 천문학적인 액수인 만큼 돈이야 문제될 것이 없지만 결국 문제는 시간이었다.

특구 전체를 모나코처럼 꾸미려면 계획된 예산의 두 배는 넘게 잡아야 했다. 그렇게 되면 시간은 시간 대로 돈은 돈 대로 계획에 차질이 생길 수밖에 없었다.

그렇기 때문에 결국 포기했다.

다만,

'전부 다는 안 되도 그래도 항구 하나 정도는 모나코처럼 환상적이게 만들어보고 싶은데… 이를 테면, 특구의 랜드마크 같은…….'

그런 생각을 하는 사이 항구를 한 바퀴 돌아 다시 모나코의 입구인 몬테카를로로 돌아온 혁준은 잠시 갈등했다.

눈앞에 세계에서 가장 유명하고 매혹적인 카지노라는 그랑 카지노가 보였기 때문이다.

도박에는 별로 취미가 없는 그였다.

그래서 별로 당기지도 않았다.

하지만 부동산 수수료와 더불어 모나코 재정의 지배적인 부분을 차지하고 있는 것이 바로 그랑 카지노였다.

모나코를 견학하러 와서 정작 그랑 카지노를 구경하지 않고 가는 것은 그야말로 수박 겉 핥기밖에 되지 않는다.

"필립. 필립은 여기 들어가 본 적 있습니까?"

혁준이 그랑 카지노 건물을 보며 필립 알퐁소에게 물었다.

"작년에 독일 수상을 모신 적이 있었습니다."

"독일 수상도 이런 곳에 다녀요?"

"그랑 카지노는 크게 내실과 외실로 나누어져 있습니다. 외실은 관광객들을 위한 게임장이고 소위 VVIP룸이라고 하는 내실은 재벌이나 정치인들의 사교장입니다. 독일 수상도 그저 사교의 목적으로 방문하였습니다. 실제로 도박은 일절 하지 않았구요. 프랑스 내방은 어디까지나 공식적인 방문이었던 만큼 아무리 독일의 수상이라고 해도 거액이 오가는 도박에 손을 댈 수는 없었던 거죠."

"거액이라면 얼마나?"

"자세하게는 모르지만… 일정한 자격 조건을 갖추지 않은 사람이라면 최소 백만 불 정도는 있어야 겨우 내실 출입이 가능하다고 알고 있습니다."

"헐……."

진짜 말 그대로 헐이었다.

'백만 불이 뉘 집 개 이름도 아니고…….'

고작 출입 자격 하나 얻는데 그만한 돈이 든다는 게 어이가 없을 따름이다.

"물론 무슈 권이라면 자격 조건이야 충분히 될 겁니다."

궁금하기는 했다.

그저 도박장이라고만 생각했을 때는 크게 구미가 당기지

않았는데 각국의 세계 지도층 인사들의 사교장이라는 그 내실이란 곳에는 관심이 갔다.

"들어가 보시겠습니까?"

"그럼 그럴까요?"

필립 알퐁소의 물음에 턱을 쓰다듬으며 눈을 빛내는 혁준이다.

그들은 결국 그렇게 결정하고 그랑 카지노로 들어갔다.

그리고 바로 수표책을 꺼내 삼백만 불을 칩으로 바꿨다.

그러자 삼백만 불이라는 돈 때문인지 아니면 수표를 통해 알게 된 그의 신분 때문인지 매니저 하나가 급히 달려 나와 그가 뭐라 말을 하지도 않았는데도 그를 바로 내실로 안내했다.

우선 눈에 들어온 것은 넓은 카지노 홀이었다.

넓은 것도 넓은 거지만 내실이라 하기에 은밀하고 비밀스러운 느낌일 줄 알았더니 그런 예상과는 달리 상당히 화려하고 밝았다.

분위기 자체도 도박장답지 않게 차분하고 조용했고 그런 분위기 속에서 도박을 즐기는 사람들이 있는가 하면 삼삼오오 모여 와인 잔을 기울이며 이야기꽃을 피우는 사람들도 있었다.

필립 알퐁소가 왜 이 내실을 두고 사교장이라 했는지 이제야 알 것 같았다.

지금 눈앞에 펼쳐져 있는 풍경은 도박장이 아니라 차라리 파티장이라 해야 맞을 것 같았다.

게다가 백인, 흑인, 동양인, 아랍, 남미, 유럽, 일본 등 등… 참으로 많은 나라의 다양한 인종이 그 안에 뒤섞여 있었다. 그럼에도 그 다양한 사람들이 잘 어우러져 보이는 것은 그들 모두가 많은 부를 가졌다는 공통점이 있기 때문일 것이다.

아니, 모두 다 어우러져 보이는 것은 아니었다.

"……."

이곳 내실의 그런 분위기와는 전혀 어울리지 않는 사람이 딱 하나 있었다.

카지노 안을 둘러보던 혁준의 얼굴이 순간 불쾌하게 일그러진 것도 혁준의 시선이 그 사람에게 이르렀을 때였다.

이십 대 중반 쯤 되었을까?

백인 미녀들을 양 옆에 척하니 끼고는 바카라를 하고 있었는데,

'크하하하! 좋아! 좋아! 역시 오늘은 되는 날이라니까!'

'이런 씨발! 패가 뭐 이 따위야! 니들 이거 조작 아냐, 조작?'

'그렇지, 그래! 바로 이거거든! 우하하하하하!'

이 카지노 내실을 전세라도 낸 것처럼 한 게임 한 게임 끝날 때마다 온갖 진상이란 진상은 혼자 다 부려댔다.

거기다 그 손은 또 어찌나 추잡스러운지 사람들이 보든 말든 백인 미녀들의 가슴이며 엉덩이를 쉼 없이 주물럭거리는가 하면 물고 빨고 아주 난리도 아니다.

그 남자는 동양인이었다.

순간, 혹시 한국인이 아닐까 하는 걱정에 얼굴이 다 화끈거렸지만 다행히 한국인은 아니었다. 영어에 섞여서 간간히 튀어나오는 의미모를 언어는 분명 중국말이었다.

'아 놔, 이런 짱깨 새끼가 동양인 망신 다 시키네.'

제48장

돈 VS 돈

'대체 저 짱깨 새끼는 뭐야?'

하는 짓이 딱 졸부집 아들내미다.

그런데 매니저를 통해 알게 된 그의 신분은 놀랍게도 중국 최대의 전기회사인 쑤메이 그룹 황정룽 회장의 차남 황창위였다.

쑤메이의 황정룽 회장이라고 하면 쑤메이를 설립한 지 20년도 되지 않아서 가전 부문에서 쑤메이를 중국 최고의 기업으로 만든 입지전적인 인물이었다. 그 진취적이고 저돌적인 경영스타일에 반해 행동거지는 겸손해서 중국인들이 가장 존경하는 기업인으로 꼽히기도 했을 정도였다.

아직 중국 쪽과는 기술제휴를 하지 않았지만, 아니, 특허권 자체가 의미가 없을 만큼 불법 복제가 판을 치는 곳이고 단속도 되지 않는 곳이라는 시장 조사 결과에 따라 기술제휴 대상에서 제외를 시키긴 했지만 차후에 중국 쪽과 기술제휴를 맺게 된다면 쑤메이 그룹을 첫 번째 후보로 생각하고 있던 혁준이었다.

실제로 쑤메이 쪽에서도 기가스 컴퍼니와의 기술제휴를 위해 적극적으로 구애를 해오고 있는 상황이기도 했다.

그의 신분을 알게 되자 좀 어이가 없었다.

쑤메이 그룹 황정룽 회장의 차남씩이나 되는 인간이 이런 데서 졸부 티나 내며 온갖 진상 짓을 하고 있는 것이다.

하지만 달리 생각해 보면 새삼스러울 것도 없었다.

'짱깨란 것들이야 시대를 불문하고 지위고하를 막론하고 진상에 특화된 종족이니까.'

그리고 그런 진상족들과는 아예 상종을 안 하는 게 현명했다.

혁준은 황창위가 하고 있는 바카라 판에서 멀찍이 떨어진 곳에 있는 텍사스 홀덤 판으로 향했다.

카지노식 세븐 포커라 할 수 있는 텍사스 홀덤 말고는 사실 다른 게임은 룰조차도 몰랐다.

부자들만 들어올 수 있다는 내실이라서 그런지 확실히 판돈이 컸다.

몇 판 하지도 않았는데, 그렇다고 배팅을 제대로 한 것도 아닌데도 순식간에 이만 불이 나가 버렸다.

사실 그 정도야 전혀 부담되는 돈이 아닌데도 워낙에 도박과는 거리를 두고 살아온 삶이다 보니 괜히 배팅을 하기가 겁이 나고 위축되었다.

하지만 그런 그와는 달리 같이 판을 벌이고 있는 게이머들의 여유롭고 넉넉한 분위기를 보자니 왠지 꿀리는 것도 같고 자존심도 상하는 것 같아서 오기가 생겼다.

'대 기가스 컴퍼니의 대표가 돈 몇 푼에 쪽을 팔아서야 안 될 말이지.'

차유경이 그랬다.

사치는 이제 그의 명예이자 명함이라고.

그가 황창위의 신분을 쉽게 알아냈던 것처럼 다른 사람들 또한 자신의 신분을 쉽게 알아낼 수 있을 텐데 이런데서 대 기가스 컴퍼니 대표가 돈 몇 푼에 벌벌 떨었다고 하면 그것도 참 위신이 서지 않는 일이었다.

그때부터 마인드를 바꿨다.

칩으로 바꾼 삼백만 불을 모두 잃겠다는 생각으로 게임에 임했다.

그러자 오히려 돈이 따졌다.

마인드를 바꾸니 패까지 좋아져서 이십 분도 지나지 않아 잃은 이만 불을 만회하고도 십오만 불을 더 땄다.

'역시 도박은 배짱인 거지.'

끗발이 받았다.

도박에는 별 취미가 없었는데도 막상 돈을 따니 이게 또 재미가 있었다.

그렇게 흥이 나 있을 때였다.

"어? 여기 나랑 같은 동양인도 계시네? 일본? 중국?"

대뜸 그렇게 말을 건네며 혁준의 맞은편 자리에 털썩 엉덩이를 까는 사람은 다름 아닌 황창위였다.

그 순간 혁준의 얼굴이 불쾌하게 일그러졌음을 말할 것도 없다.

슬쩍 원래 황창위가 있던 바카라 테이블을 보니 거기에는 이미 딜러 외에는 아무도 없었다. 하긴, 그런 진상을 부려댔으니 사람이 남아 있을 리가 없었다.

아마도 그래서일 것이다.

혼자 놀기 지루해서 다른 데로 눈을 돌리던 중에 같은 동양인인 혁준을 발견하고 흥미가 동한 것이다.

'정말 가지가지 하는군.'

그 바람에 혁준과 같이 게임을 하던 네 명 중 두 명이나 자리를 뜨고 있었다.

그러나 원흉인 그는 그러거나 말거나 신경 쓰지 않았다.

이 황창위란 인간은 그런 것에 신경을 쓸 만큼 개념 찬 인간이 아니었다.

"어디 사람? 일본? 중국?"

황창위가 한 번 더 국적을 물어왔다.

이렇게 말을 걸어오는 것조차 창피하고 불쾌하게만 느껴지는 혁준이었다.

하지만 먼저 말을 걸어오는데 마냥 무시할 수는 없는 노릇이라 대답을 하기는 했다.

"한국."

그런데 반응이 좀 이상했다.

"에? 한국?"

뭘까?

이 의외라는 반응은?

그리고 이 깔보는 듯한 태도는?

그 순간 녀석의 입가에 걸리는 가소롭다는 비웃음은?

"요즘 한국 사정이 많이 어렵다고 하던데……?"

그제야 혁준은 그 의외라는 반응과 깔보는 태도와 가소롭다는 비웃음의 이유를 알았다.

'그런 주제에 이런 데 와서 도박이나 할 주제가 되냐' 라는 뉘앙스였던 것이다.

"하긴 거지 굴에도 금대 두른 사람은 있게 마련이니까. 큭큭큭큭!"

한국을 아예 거지 굴 취급을 하고 있다.

더구나 그 저변에 깔려 있는 것은 중국인들이 대게 그렇듯이 한국에 대한 뿌리 깊은 멸시와 무시였다.

'한국보다 나은 거라고는 땅덩어리 넓은 거랑 대가리 수많은 것뿐인 주제에……'

이 시절의 중국이란 경제고 교육이고 국민성이고 할 것 없이 한국과는 비교도 안 될 만큼 후지고 낙후된 나라였다.

그런 주제에 당장 한국이 위기를 맞았다고 해서 감히 되도 않게 잘난 척이라니?

애국심과는 거리를 두고 살아온 혁준이지만 이 진상 짱깨로부터 그런 무시를 당하니 절로 울컥하게 된다.

사실은 황창위가 테이블에 앉는 순간, 판을 끝내려고 했었다. 다만 그 사이 카드가 도는 바람에 타이밍을 못 잡았을 뿐이었다.

그런데 아예 남의 일이었을 때는 그저 피하면 그만이었는데 이렇게 직접적으로 무시를 당하자 이대로는 엉덩이가 떨어지지 않았다.

그렇게 몇 판을 더 쳤다.

황창위가 새로 들어왔어도 한 번 오른 끗발은 좀처럼 수그러들지를 않아서 십만 불 정도를 더 땄다.

반대로 연속해서 몇 판을 내리 잃은 황창위다.

새삼스러울 것도 없었다.

원래 전문 꾼도 아닌데다, 아니, 꾼은커녕 자신의 카드를 그대로 복사해서 이마 한복판에 떡 하니 띄우고 있을 만큼 허접한 실력에, 카드 만지랴 옆구리에 끼고 있는 미녀들 가슴 만지랴 정신이 없을 지경인데 무슨 수로 돈을 따겠는가.

그래도 그렇게 몇 판 잃고 나니 그제야 좀 집중을 하는 황창위다. 미녀들의 가슴을 주물럭거리던 손도 어느 순간부터 카드에서 떨어지지 않고 있었다.

자존심도 좀 상했는지 변명 비스무리한 말을 툭 던져오기도 한다. 그런데 그 말이 또 참 가관이었다.

"운이 좋으시구만. 하긴, 게임을 하다 보면 운 때가 그렇게 딱 맞아떨어질 때가 있지. 그래도 무리는 하지 않는 게 좋을 거야. 중국 속담에 '운칠기삼' 이라는 말이 있는데 말이야. 운이 칠이고 기술이 삼이라는 거지. 확실히 옳은 말이야. 세상 모든 일이 딱 그렇거든. 하지만 단 하나 그게 안 맞아떨어지는 게 있는데, 그게 바로 카드지. 카드만큼은 운칠기삼이 아니란 말이지. 카드의 승패를 좌우하는 건 오직 하나! 밑천 빨이거든."

그러더니 테이블 위에 척 하니 가진 칩을 다 올려놓는데, 어림잡아도 족히 천만 불은 될 것 같았다.

혁준은 그 즉시 이맛살을 구겼다.

'쑤메이 그룹이 중국 기업치고는 재정이 깨끗하다고 하더니만 딱히 그렇지도 않은 모양이구만.'

아무리 쑤메이 그룹이 가전뿐만 아니라 부동산으로도 돈을 많이 벌었다고 해도, 그래서 황정룽 회장의 개인 재산이 중국에서 세 손가락 안에 든다고 해도, 회장 황정룽도 아니고 그 아들놈이 천만 불을 아무렇지 않게 도박판에서 쓸 정도면 결코 깨끗한 기업일 리가 없다.

'하긴, 부정과 부패라면 한국보다 몇 배는 더한 곳이 중국인데 그런 중국에서 단시간에 그만한 성공을 거뒀을 정도면 결코 깨끗하게 장사를 했을 리가 없는 거지.'

그렇게 생각하니 황정룽 회장에 대한 생각마저 부정적으로 바꼈다.

"이래서는 하루 종일 해도 끝이 나지 않을 것 같으니까 우리 그냥 판돈을 두 배로 올립시다. OK?"

번데기 앞에서 주름을 잡아도 유분수지, 참 다양하게도 진상을 떨어대는 황창위다.

그 바람에 그나마 테이블에 남아 있던 두 명마저도 더 엮이기 싫다는 듯 끝내 자리를 뜨고 만다.

지금 혁준의 안에선 두 가지 마음이 교차하고 있었다.

하나는 역시 더 이상 이 진상 짱깨와는 상종을 하고 싶지 않다는 마음과, 다른 하나는 이왕 이렇게 된 거 아주 탈탈 털어서 진상의 끝을 보고 싶다는 마음.

그런 갈등 끝에 두 가지 모두를 만족시킬 수 있는 절충안을 찾고는 새로운 룰을 제시했다.

"그럼 그냥 이렇게 하지. 둘만 치는 거니까 게임은 편하게 세븐 포커로. 사이드 팟 없고 올인 없고. 홀덤이랑 마찬가지로 노 리미트. OK?"

혁준의 제안에 황창위가 움찔 놀랐다.

그도 그럴 것이 이미 큰 판이었다.

게다가 레이즈 한도도 상당히 높아서 판돈을 두 배로 올린 것만으로도 한 판에 수백만 불을 잃게 될 수도 있었다.

판돈을 두 배로 올린 것만으로도 바로 꼬리를 내릴 줄 알았다.

아무리 이곳이 부자들만 들어올 수 있는 카지노라고 해도 자신과는 급이 다르다고 생각했다.

그런데 사이드 팟도, 올인도 없는 노 리미트 세븐 포커라니?

게다가 무제한 배팅이라니?

이건 아예 대놓고 머니게임을 해보자는 뜻이었다.

'흥! 분수도 모르고 허세를 떠는 거지.'

정작 분수도 모르고 허세를 떠는 것은 그였지만 대 중화인민공화국의 대국신민 황창위의 눈에는 대 중화의 통치나 받던 변방의 소국이, IMF다 경제위기다 해서 주변국에 구걸이나 하러 다니는 한국이, 그런 한국의 부자가 부리는 허세가 그저 가소롭기만 할 뿐이었다.

그리해 노 리미트로 판이 벌어졌다.

하지만 게임은 시작부터 황창위의 생각과는 다르게 흘러가고 있었다.

"뱃, 10만."

이제 좀 운빨이 트이려는지 첫 패부터 킹 두 장을 받은 그였다.

기선 제압의 의미로 10만 불을 질렀다.

그런데,

"레이즈, 30만."

대체 무슨 카드를 받은 건지 이제 겨우 카드 두 장이 돌았을 뿐인데 혁준은 벌써부터 30만 불을 더 베팅하는 것이었다.

'뭐야 이거? 이 한 판으로 끝장을 보자는 거야 뭐야?'

황창위는 그마저도 허세라고 생각했다.

아니면 자신의 의도처럼 꼴같잖게 기선 제압이라도 하려

는 거라 생각했다.

게다가 자신의 손에는 이미 킹 두 장이 들려 있었다.

물러설 이유가 없었다.

"콜."

혁준의 레이즈를 콜로 받고는 다음 카드를 받았다.

에이스였다.

'조짐이 좋은데?'

바로 20만 불을 더 베팅했다.

그런데,

"레이즈, 70만."

혁준의 베팅으로 판돈이 단숨에 150만 불이 넘어버렸다.

'뭐야 진짜? 미친 거 아냐?'

그제야 뭔가 분위기가 심상치 않다는 걸 느낀 황창위였다.

분위기가 심상치 않다는 걸 느낀 것은 비단 황창위만이 아니었다.

카지노 안에 있던 사람들도 흥미를 느끼고는 하나둘 그 테이블로 모여들기 시작했다.

그 바람에 가뜩이나 심란한 상황에서 더욱 갈피를 잡지 못하는 황창위다.

분명 그는 좋은 패를 가지고 있었다.

킹 원 페어면 지금 가진 패만으로도 승산은 충분히 있었다.

하지만 막상 콜을 하려니 70만 불은 부담이 된다.

지금 가진 판돈의 10분의 1이 이 한 판에 날아가는 것이다. 게다가 아직 받을 카드가 두 장이나 더 남았다. 당연히 배팅 찬스도 두 번이나 더 남아 있었다. 이대로라면 그 두 번 동안 판이 얼마나 커질지 알 수 없는 일이었다.

'뭐, 급할 건 없으니까.'

결국 그렇게 꼬리를 내리고 만다.

황창위가 카드를 덮자,

"아…….''

상당히 큰 판이 될지도 모른다는 기대감에 숨죽이며 지켜보고 있던 사람들의 입에서 절로 아쉬움의 탄식이 터져 나왔다.

그것이 순간 황창위의 자존심을 긁기도 했다. 하지만 그런 사람들의 아쉬움도, 그로 인해 긁힌 황창위의 자존심도 괜한 것이었다.

"뱃, 50만."

이어진 다음 판에 혁준이 단번에 50만 불로 첫 베팅을 시작해 버린 것이다.

그제야 황창위는 어쩌면 상대가 허세를 부리는 것이 아닐지도 모른다고 생각했다.

혁준을 보던 눈도 지금까지와는 사뭇 달라졌다.

아니, 그제야 제대로 혁준을 보고 있었다.

그런데 그렇게 새삼스러운 눈으로 혁준을 보고 있자니, 낯이 익었다.

'그러고 보니 어딘가…….'

분명 어디선가 본 듯한 얼굴이었다.

하지만 그는 거기에 대해 더 이상 생각할 수가 없었다.

순간 혁준이 비릿하게 입꼬리를 말아 올렸기 때문이다.

비웃기라도 하듯.

가소롭다는 듯.

그 표정은 마치 '카드는 밑천 빨이라고 하지 않았어?' 라고 말하는 것만 같았다.

비웃듯, 가소롭다는 듯 말려 올라간 혁준의 입꼬리를 보고 있자니 울컥 화가 치밀어 올랐다.

'가오리빵즈 따위가 어디서 감히!'

자존심이 팍 상했다.

반대로 오기가 확 치밀었다.

더구나 그 사이 그들 주위로 구경꾼들이 너무 많이 몰려들어 있었다. 그 많은 시선 앞에서 두 번 연속으로 카드를 덮기에는 대 중화인민공화국 대국신민으로서의 자존심이

허락하지 않았다.

그래서 질러 버렸다.

"70만 받고, 레이즈 100만!"

순간 구경꾼들이 웅성거리기 시작했다.

여기 모인 사람들이 아무리 부자들이라고 해도, 그리고 이곳 그랑 카지노 내실이 세계 유수의 부자들이 모이는 황금어장이라고 해도 한 판에 이 정도의 큰돈이 오가는 건 상당히 드문 일이었기 때문이다.

그만큼 황창위는 자신이 있었다.

'흥! 어디 더 뻗댈 수 있으면 뻗대 보던가!'

이 정도면 감히 함부로 엉길 상대가 아니라는 것을 충분히 깨달았을 것이다.

그렇게 생각했다.

그런데,

"레이즈 100만 더."

눈 하나 깜짝하지 않고 거기에 백만 불을 더 얹어버리는 혁준이다.

그 바람에 판돈이 단숨에 500만 불이 넘어버렸다.

'이런… 미친!'

아니, 제정신이 아닌 것은 오히려 황창위 자신이었다.

눈앞에 수북하게 쌓인 칩들을 보고 있자니 침이 바짝바짝

마르고 손발이 떨려왔다. 찬물을 연신 벌컥벌컥 들이켜 보지만 도무지 진정이 되지 않았다.

자존심상 여기서 물러설 수는 없는 일이었다.

하지만 여기서 받아치면 그때는 정말 멈출 수가 없게 된다.

호랑이 등에 올라탄 격으로 그 앞에 뭐가 있는지도 모른 채 무조건 달리고 봐야 하는 것이다.

황창위는 자신의 카드를 한 번 더 보았다.

세븐 두 장에 텐 한 장이다.

나쁘지도, 그렇다고 그다지 좋지도 않은 패다.

자신의 카드를 재차 확인한 그는 이어서 혁준의 오픈된 카드를 보았다.

잭과 에이스.

페어는 아니지만 충분히 위협이 되는 액면이었다.

머리가 더 복잡해졌다.

마음 같아서는 바로 판을 접고 싶었다.

이미 혁준의 베팅에 제대로 기가 눌려 버렸다.

자신의 카드에 대한 믿음조차도 잃었다.

반대로 혁준의 액면인 잭과 에이스가 마치 로티플처럼 보이기까지 했다.

완전히 전의 상실인 것이다.

그래서 자존심도 상하고 쪽도 팔리지만 카드를 던지려고 했다.

그런데 그때였다.

그런 그의 시야에 문득 혁준의 앞에 놓인 칩이 들어왔다.

고작 50만 불이나 될까?

물론 그게 그의 전 재산은 아닐 테지만 그래도 수북이 쌓인 판돈과 대조되는 그 초라한 밑천을 보고 있자니 왠지 잃었던 자신감이 다시 생겨나고 눌렸던 기가 다시 펴지는 것 같았다. 로티플처럼 보였던 잭과 에이스도 이젠 그저 노 페어로밖에 보이지 않았다.

'그래. 대 쑤메이 그룹의 후계자가 겨우 가오리빵즈 따위에게 돈 빨에서 밀린다는 게 말이 안 되지!'

결국 밀고 나가기로 했다.

아니, 단지 밀고 나가는 정도가 아니라 아예 제대로 된 돈질을 보여줘서 그동안의 굴욕을 이 한 번에 다 만회해 버릴 작정이었다.

그리해,

"100만 받고 레이즈 700만!"

있는 돈을 싹 다 긁어서 베팅해 버렸다.

주위가 소란스러워진 것은 말할 것도 없다.

그만큼 황창위의 어깨에도 힘이 들어갔다.

'그래! 이게 바로 대국의 그릇이라는 거지!'

주위가 소란스러워지면 질수록 마치 그게 자신에 대한 열렬한 환호와 지지인 것처럼 느껴졌다. 그래서 마치 적장의 목을 단 칼에 베고 돌아온 개선장군마냥 한껏 우쭐해져 있는 황창위였다.

그렇게 한껏 기고만장해져서는 '어디 한 번 더 까불어 보시지?'라는 눈으로 혁준을 보았다.

그런데 그런 그의 시야에 잡힌 혁준의 표정은 그가 상상했던 것과는 너무 달랐다.

완전히 기가 질려서 사색이 되어 있을 줄 알았더니 이건 어떻게 된 게 눈썹 하나 까딱하지 않았다.

이건 뭐 바람 없는 날의 호수 같은 얼굴을 하고서는 매니저에게 수표책을 건넨다. 그리고 나서 십 분쯤 지났을 때였다.

매니저가 황금색의 칩 케이스 하나를 가져왔다.

그리고 칩 케이스가 열리고 매니저가 케이스 안의 칩을 테이블 위에 올려놓았을 때, 황창위는 물론이고 이곳에 모인 모든 사람의 눈이 휘둥그레졌다.

"저게 대체 얼마야?"

여기저기서 호기심 어린 목소리들이 튀어나왔다.

그도 그럴 것이 손바닥만 한 크기의 파란색 사각 플라크

칩에는 무려 '원 밀리언 달러($1,000,000)'라고 적혀 있었던 것이다.

그런 플라크 칩이 총 오십 개였다.

다시 말해 무려 오천만 달러가 지금 혁준의 테이블 위에 올려 있는 것이다.

그렇게 사람들의 경악한 시선 속에서 혁준이 플라크 칩 일곱 개를 던졌다.

"700만 받고."

그리고 다시 플라크 칩 10개를 더 던졌다.

"레이즈 천 만."

그로써 판돈이 총 3천만 불이 넘었다.

"……."

황창위는 그야말로 멘붕 상태였다.

도무지 이 상황을 어떻게 해야 할지 모르겠다. 아니, 지금 이 상황 자체가 이해가 안 됐다.

대체 어쩌다가 이 지경까지 와버린 것일까?

그는 그저 잠시 즐기고자 했을 뿐이다.

천만 불을 칩으로 바꾼 것도 단지 과시용일 뿐이었다.

그런데 단지 과시용으로 가져왔던 천만 불이 지금 왜 죄다 저기에 있는 것일까?

테이블 중앙에 수북하게 쌓인 칩들을 멍하니 보고 있던

황창위의 눈이 이윽고 혁준에게로 향했다.

혁준은 웃고 있었다.

조금 전까지보다 더욱 깊게 입꼬리를 말아 올린 채로.

그리고 그 눈은 이렇게 말하고 있었다.

'쫄리면 뒈지시던가' 라고.

그랬다.

지금 황창위가 선택할 수 있는 것은 두 가지뿐이었다.

하나는 이대로 천만 불을 잃은 채로 손을 털고 일어나는 것.

그리고 다른 하나는 죽기 살기로 달려보는 것.

그러나 이미 말했다시피 기호지세였다.

호랑이 등에서 내릴 수 있는 타이밍은 이미 놓쳐 버린 상태였다.

그 끝이 어디든, 그것이 어떤 결말이든 간에 지금 그에겐 끝까지 달리는 것 말고는 달리 선택할 수 있는 게 아무것도 없었다.

대수롭지 않게 생각했던 '사이드 팟 없이, 올인 없이, 노 리미트' 라는 조건이 이렇게 무거운 족쇄가 되어 발목을 잡게 될지 미처 생각지 못했다.

그는 혁준에게 잠깐만 기다려 달라 하고는 바로 비서에게 전화를 걸었다. 그리고 자신 명의의 요트와 별장의 권리 문서를 가져오라고 했다.

비서가 서류들을 가져오자 그는 바로 제너럴 매니저를 불러 그걸 담보로 이천만 불을 빌렸다.

당장 끌어 모을 수 있는 현금 천이백만 불을 합쳐서 총 삼천이백만 불을 혁준과 마찬가지로 모두 백만 불짜리 플라크 칩으로 바꾼 그는 그제야 다시 테이블에 앉았다.

그리고 떨리는 손으로 열 개의 칩을 던졌다.

"콜."

그렇게 무려 4천만 불의 판돈이 채워졌다.

아마도 그랑 카지노가 세워진 이래로 최고의 판돈이 걸린 게임이 아닐까 싶었다. 그래서인지 이제 카지노 안의 사람들 모두가 그 테이블을 둘러싸고 있는 지경이 되어 있었다. 심지어 딜러들마저도 자신이 맡은 테이블을 이탈해 그 앞을 기웃거리고 있었다.

그런 관심 속에서 비소로 네 번째 카드가 돌았다.

황창위는 조마조마한 마음으로, 아니, 일생의 운을 이 한 번에 모두 쏟아 붓는다는 절박하고도 간절한 마음으로 카드를 기다렸다.

그러나,

[하트 3]

엉망이었다.

스페이드 7, 클로버 7, 다이아몬드 10, 하트 3.

세븐이 떠도 마음이 놓이지 않을 판에 개패가 나와 버린 것이다.

가뜩이나 암담한 지경인데,

"뱃, 천만."

이 망할 자식은 또다시 터무니없는 베팅으로 그를 압박해 온다.

이건 호랑이 등에 올라탄 게 아니었다.

호랑이 등에 올라탄 거라면 죽든 살든 뛰어내릴 자유라도 있지, 이건 그런 자유마저도 그에게 주어지지 않았다.

그냥 개미지옥이었다.

아무리 벗어나려고 발버둥을 쳐도 도무지 빠져나올 수가 없는, 아니, 벗어나려고 발버둥을 치면 칠수록 오히려 더 깊은 수렁으로 빠져드는 개미지옥.

"…콜."

그리해 도합 육천만 불의 판돈이 쌓였다.

그리고 다섯 번째 카드가 돌고 순간 황창위의 눈이 희열로 부릅떠졌다.

[하트 7]

드디어 떴다.

'세븐 트리플!'

그 순간 포커페이스고 뭐고 없었다.

세븐이 뜬 순간 그의 얼굴은 절망의 구렁텅이 속에서 한 줄기 빛의 구원이라도 받은 듯한 얼굴이 되어버렸다. 누가 보더라도 좋은 패를 가졌다는 것을 한눈에 알 수 있을 정도였지만 그런 것에는 신경도 쓰지 않았다.

애당초 포커페이스와는 거리가 먼 오픈 페이스이기도 했지만 무엇보다 이제는 신경전이나 심리전을 할 단계는 이미 지나 버린 상태였다.

아예 카드 전부를 오픈하고 게임을 해도 별반 상관이 없을 만큼 끝장 게임이 되어버렸는데 감추고 자시고 할 게 뭐가 있겠는가 말이다.

"뱃, 천이백만!"

액면이 7 원 페어라 처음으로 베팅 권을 쥐게 된 그는 있는 돈 전부를 몽땅 다 걸었다.

그런데도 혁준은 이번에도 눈 하나 깜짝 안 하고 레이즈를 걸었다.

"천이백만 받고 5백만 레이즈."

그 역시 있는 칩을 몽땅 다 건 것이다.

'흥! 무식한 새끼! 그런다고 내가 겁이라도 먹을 줄 알아?'

조금 전이었다면 그것만으로도 잔뜩 겁을 먹었을 테지만 지금 그의 손에는 세븐 트리플이 있었다. 겁을 먹기는커녕 대체 무슨 패를 가지고 저렇게 무식하게 나오는 건지 새삼 혁준의 오픈 카드를 살피는 여유까지 부렸다.

스페이드 J, 스페이드 A, 하트 2.

"푸핫!"

저도 모르게 웃음을 터뜨리고 말았다.

완전 개패였다.

물론 잭 트리플이나 에이스 트리플의 가능성이 없는 것은 아니었다.

하지만 확률적으로도 희박할뿐더러 가능성으로 따지면 자신이 풀 하우스가 나올 확률이 오히려 더 높았다.

'그래. 이젠 날 위한 쇼 타임이 된 거지.'

지금껏 기고만장했던 이 무식한 가오리빵즈의 코를 아주 납작하게 만들어줄 때가 된 것이다.

그는 다시 잠시 게임을 멈추게 한 후에 제너럴 매니저를 불렀다.

그리고 자신의 쑤메이 그룹 지분을 담보로 빌릴 수 있는 최대한도까지 돈을 빌렸다. 그렇게 빌린 돈이 일억 이천만 불이었다.

그리고 콜을 불렀다.

어차피 아직은 세븐 트리플일 뿐이었다. 물론 그것만으로도 충분히 승산이 있었지만 그래도 백 퍼센트가 아닌 이상에는 신중해야 했다.

그러나 신중은 딱 거기까지였다.

히든이 떴다.

그것도 기대했던 풀 하우스 정도가 아니었다.

[다이아몬드 7]

순간 저도 모르게 환호성을 지를 뻔했다.

무려 세븐 포카드가 떠버린 것이다.

아까는 쫄아서 손발이 떨렸지만 지금은 넘치는 희열과 흥분을 주체하지 못해서 손발이 떨렸다.

저기 수북이 쌓여 있는 일억 불이 지금 이 순간 자신의 차지가 되었다고 생각하니 감정이 벅차올라서 눈물마저 왈칵 쏟아질 것만 같았다.

살면서 이렇게 기뻤던 적이 있었나 싶었다.

살면서 이렇게까지 소름이 돋도록 짜릿했던 적이 있었나 싶었다.

지금 이 순간은 황창위의 인생에서 그야말로 가장 역사적이고 극적이며 찬란한 순간이었다.

그리고 그에겐 이 역사적이고 극적이며 찬란한 순간의 기억을, 후손대대로 물려줄 그 자랑스러운 무용담을 더욱 화려하게 장식해 줄 돈이 있었다.

그리해 오늘의 승부에서 마지막 대미를 장식할 쇼 타임이 펼쳐졌다.

모두해서 백만 불짜리 플라크 칩 115개.

그는 그 모두를 그대로 깡그리 다 밀어 넣었다.

"뱃, 일억 일천오백만!"

순간, 여기저기서 감탄사가 연발로 터져 나왔다.

놀람, 감탄, 경외, 홍분, 부러움 등등… 그 모든 찬사들이 오직 황창위 한 명에게로 쏟아져 내렸다.

그랬다.

오늘의 주인공은 황창위였다.

세븐 포카드가 뜨면서 승률이 백 퍼센트를 찍어버렸다.

혁준의 액면으로는 기적을 바라는 것조차도 부질이 없는 것일 만큼, 어떤 카드를 히든으로 쥐고 있다고 해도 절대로 이길 수가 없는 상황이었다.

그런데 그때였다.

혁준이 매니저를 불러 수표를 건넸다.

'설마 여기서 더 베팅을 해보겠다고? 제정신이야?'

그렇게 황창위가 어리둥절해하고 있는데, 아니나 다를까 매니저가 이번에도 황금색 칩 케이스를 들고 들어왔다. 그런데 이번에는 혼자가 아니었다.

매니저의 뒤를 따라서 딜러들이 차례로 가방 하나씩을 들고 왔다.

모두가 얼이 빠져 있는 가운데 매니저가 양해를 구하듯 말했다.

"죄송한 말씀이지만 저희 카지노에는 백만 불 이상의 칩이 없습니다. 그래서 불편을 끼치게 된 점 죄송스럽게 생각하고 모쪼록 양해를 구하는 바입니다."

그렇게 한마디를 하고는 칩들을 테이블 위에 올려놓기 시작했다.

가뜩이나 부피가 일반 칩들보다 몇 배나 되는 플라크 칩이었다. 그게 테이블 위에 차곡차곡 쌓이자 금방 테이블이 가득차기 시작했다.

매니저가 그렇게 칩을 하나하나 쌓아가기를 얼마가 지나고 마침내 마지막 칩을 테이블 위에 올렸을 때는 이미 그 큰테이블의 절반이 혁준의 칩으로 가득했다.

그리고 마지막으로 매니저가 한마디했다.

"20억 불 확인되었습니다."

"뭐……?"

황창위는 그제야 오늘의 주인공이 자신이 아니란 것을 깨달았다.

'사이드 팟 없이, 올인 없이, 노 리미트'라는 조항이 단지 판을 키우자는 뜻이 아니었다는 것도, 단지 그의 발목이나 잡자고 내건 조건이 아니라는 것도 그제야 알았다.

그건 포커라는 이 확률의 게임을 백 퍼센트 승률로 만들기 위한 덫이었던 것이다.

아니, 덫이라고 할 수도 없을 만큼 단순하고 허술한 함정이었다.

그저 가벼운 마음으로 시작한 게임이라 설마 이렇게까지 판이 커져 버릴 줄은 생각도 못 한 탓에 그 단순하고 허술하기 짝이 없는 함정조차도 전혀 눈치채지 못하고 있었다.

아니, 그것보다 자신보다도 어려보이는 이 눈앞의 애송이가 대 쑤메이 그룹의 차남인 자신을 돈으로 눌러 버릴 줄 그가 상상이나 했겠는가 말이다.

'이런 바보 같은……'

이제 와서 후회하고 자책을 해봐도 소용없는 일이었다.

이미 돌이킬래야 돌이킬 수가 없는 상황이었다.

그렇게 황창위가 얼이 빠져 있을 때였다.

드디어 혁준이 입을 열렸다.

"일억 일천오백만 받고, 십팔억 팔천오백만 레이즈!"

순간 카지노 안은 그 많은 사람이 몰려있는 데도 숨소리조차 들리지 않았다.

그야말로 완벽한 정적이었다.

그도 그럴 것이 자그마치 20억 불이었다. 아무리 그들이 갑부들이라고 해도 그 어마어마한 베팅 앞에서 태연할 수는 없는 것이다.

물론 그 말도 안 되는 베팅에 가장 크게 놀란 것은 황창위였다.

다 이긴 게임이었다.

혁준이 숨긴 두 장의 카드로는 최고의 조합이 나와도 기껏해야 에이스 트리플인 것에 비해 자신의 손에는 이미 세븐 포카드가 완성이 되어 있었다.

혁준에게 남은 선택은 폴드를 외치고 게임을 포기하는 것밖에 없었다.

콜도, 쇼다운의 기회조차도 사치였다.

그랬다.

그렇게 게임이 끝났어야 했다.

그런데 혁준은 폴드를 외치지 않았다.

매니저가 칩 케이스를 들고 올 때는,

'하긴, 액면만 보자면 한 가닥 기대 정도는 걸어볼 만할 테니까.'

그래서 오기를 부리는 것이라 생각했다.

콜이라도 불러 쇼 다운까지는 가보려는… 그렇게 마지막 발악을 하는 것이라 생각했다.

마다할 이유가 없다.

꺼릴 이유도 없다.

혁준이 콜을 하는 순간 그가 획득하게 될 총 상금은 무려 일억 일천오백만 불이나 더 늘어나게 된다.

꺼리기는커녕 홍분으로 심장이 튀어나올 것만 같았다.

발끝에서부터 정수리까지 타고 올라오는 짜릿함은 심지어 오르가슴과도 같은 극락의 쾌감을 만들어내고 있었다.

그러나 안타깝게도 좋았던 것은 딱 거기까지였다.

혁준이 콜이 아니라 레이즈를 외친 순간 모든 것이 끝나버렸다.

"일억 일천오백만 받고, 십팔억 팔천오백만 레이즈!"

18억 8500만 불.

사이드 팟 없이, 올인 없이, 노 리미티드.

다시 말해 지금 황창위가 콜이라도 부르면 18억 8500만 불을 전액 베팅을 해야 한다는 것이다.

올인을 외칠 기회도 없다.

사이드 팟도 올인도 없다는 룰로 시작한 것이니까.

그러니까 18억 8500만 불에서 단 1센트라도 모자라면 상대 카드는 보지도 못하고 죽어야 한다.

그제야 알았다.

중요한 것은 카드의 그림이 아니었다는 것을.

포카드든 스티플이든 로티플이든 그 따위 것은 어차피 이번 판에선 아무런 가치도, 의미도 없었다는 것을.

애당초 로티플로도 노 페어를 이길 수가 없게끔 되어 있는 게임이었던 것이다.

'십팔억 팔천오백만 불을 지금 내가 대체 무슨 수로 마련을 하냔 말이야!'

별장이며, 요트며 거기다 쑤메이 그룹 지분까지 깡그리 다 담보로 잡은 상태였다. 그게 그가 가진 전 재산이었다. 그러고도 2억불이 간신히 넘었다.

대체 무슨 수로 그 열 배에 가까운 돈을 마련한단 말인가?

중국에서 사고를 치고 거의 유배를 오다시피 해서 쫓겨나온 몸이었다. 이런 일로 자신의 아버지인 쑤메이 그룹 황정룽 회장에게 연락을 할 수도 없는 입장이지만 설혹 연락을 한다고 해도 당장 그런 거액을 마련하는 건 아무리 황정룽 회장이라고 해도 불가능했다.

20억 불은 애초에 그런 것까지 다 계산한 후의 베팅이었는지도 몰랐다.

그렇게 생각하니 지금의 이 상황이 더 어이가 없었다.

'저 자식은 대체 뭐하는 놈인 거냐고!'

대 쑤메이 그룹의 황정룽 회장조차 당장 마련하기 어려운 거액인데 대체 뭐하는 작자이기에 이렇게 간단히 20억 불을 질러 버릴 수가 있단 말인가?

그건 비단 황창위만의 궁금증은 아니었다.

이곳에 모인 모든 사람의 최대 관심사가 바로 그거였다.

그런데 그때였다.

티끌 한 점 없는 정적을 깨고 누군가의 입에서 반신반의하는 목소리가 흘러나왔다.

"혹시 기가스 컴퍼니의 권혁준 대표……?"

순간, 카지노 안에 내리깔려 있던 정적이 단번에 산산이 부서져 버렸다.

더 이상 고상한 사교의 장도 아니었다.

그야말로 시장통 마냥 시끌벅적해졌다.

동양인이 보기에 서양인의 얼굴이 다 거기서 거기로 보이는 것처럼 마찬가지로 서양인의 눈에도 동양인의 얼굴이 다 거기서 보이는데다가, 한국에 대한 지원 문제로 CNN과 한 차례 인터뷰를 가진 것 말고는 매스컴에는 일절 얼굴을 보이지 않은 혁준이다 보니 같은 동양인들도 미처 혁준을 알아보지 못했던 것이다.

하지만 한 사람의 입에서 그 이름이 나오자 그제야 혁준을 알아본 사람들이 소란을 떨어댔다. 그리고 20억 불의 베팅도 그제야 납득을 했다.

재작년 포춘지에 이름이 등장하자마자 752억 불로 세계 부자 순위 1위에 오른데 이어 3년 연속 세계 부자 순위 1위를 굳건히 지키고 있는 사람이었다.

게다가 기술제휴에 따른 향후 5년간의 로열티만 해도 기가스 컴퍼니의 자산 가치가 최소 7천억 불은 넘을 거라는 게 공공연히 떠도는 말이었고 그 기가스 컴퍼니의 자산 전부가 곧 혁준의 주머니로 들어간다, 라는 건 이제 비밀이랄 것도 없는 일이었다.

지구상에서 포커 한 판에 20억 불을 베팅할 수 있는 유일한 한 사람.

그런 그이기에 가능했던 것이다.

'이 자식이 기가스 컴퍼니 대표 권혁준이라고?'

그렇잖아도 반쯤 나가 있던 황창위의 혼백이 이젠 완전히 빠져나가서 그의 머리 위를 배회하고 있었다.

아무리 망나니고 집에서 내놓은 자식이라고 해도, 그래서

세상 돌아가는 소식에 어둡다고 해도 권혁준이란 이름 석
자 정도는 들어본 그였다.

쑤메이 그룹이, 그의 아버지 황정룽 회장이 기가스 컴퍼
니와 기술제휴를 맺기 위해 지금 얼마나 애가 닳아 있는지
너무도 잘 알고 있었다.

기가스 컴퍼니와 기술제휴만 맺을 수 있다면 숙원인 오안
다를 제치고 중국 최고가 될 수 있다며, 이미 일이 상당히
진척이 되어서 곧 그 프로젝트가 성사가 될 거라며 한껏 기
대를 드러내기도 했었다.

재계 3위 기업인 쑤메이가 재계 1위 기업인 오안다를 추
월할 정도라면 당연히 그 가치란 건 지금 그가 잃게 된 일이
억 불에 비할 바가 아니었다.

만일 이 일로 인해 기가스 컴퍼니와의 기술제휴가 물거품
이 되어버린다면?

이 일을 그의 아버지 황정룽 회장이 알게 되기라도 한다
면?

유배 정도로 끝날 일이 아니었다.

완전 종신형감이다.

아예 가문에서 축출당해 돈 한 푼 없이 오지로 내쫓길지
도 몰랐다.

자신의 아버지는 능히 그러고도 남을 사람이었다.

'아니지. 내가 뭐 딱히 잘못한 건 없잖아?'

그저 같이 포커를 쳤을 뿐이다.

게다가 돈을 딴 것도 아니다.

'그래. 이것도 일종의 로비고 접대인 거 아니겠어?'

오히려 이걸 잘만 포장하면 지금 잃게 된 2억 불의 돈에도 명분을 만들 수가 있을지도 몰랐다. 그렇게 생각을 하니 상대가 기가스 컴퍼니의 권혁준 대표였던 게 오히려 다행이었다는 생각마저 들었다.

그러나 그렇게 무한 긍정의 자기 위로와 기대는 혁준의 눈빛을 본 순간 여지없이 무너지고 말았다.

"……!"

혁준의 눈빛에는 정말이지 단 한 톨의 호의도 없었다.

지금까지보다도 더 분명하고 더 짙어진 가소로움과 꼴같잖음을 담은 눈으로 그를 보고 있었다.

거기다 비릿하게 말아 올린 입꼬리에선 어떤 사악함마저 느껴질 지경이었다.

그 순간 본능적으로 느꼈다.

세계 제일의 부자라는 이 권혁준이란 인간이 어쩌면 상상 이상으로 뒤끝이 있는 인간일지도 모른다는 것을.

그리고 앞으로 자신에게 닥쳐올 미래가 어쩌면 상당이 암울해질지도 모른다는 것을.

"…폴드."

결국 카드를 던졌다.

십팔억 팔천오백만 불은커녕 그 백분의 일도 구하기가 힘든 처지, 더구나 상대는 자신의 아버지마저 벌벌 떨게 만드는 절대 갑.

달리 선택의 여지가 없는 것이다.

그렇게 그의 눈앞에서 전 재산 2억 달러가 신기루처럼 사라져 버렸다.

그렇잖아도 가슴이 찢어질 것만 같은 순간, 혁준이 어딘지 심술궂고 득의한 표정을 하고는 자신의 카드를 뒤집었다.

그렇게 해서 숨겨진 카드가 완전히 모습을 드러냈다.

2 원 페어.

황창위의 액면에도 지는 2 원 페어였다.

"오!"

"와우!"

"오 마이 갓!"

여기저기서 감탄성이 터져 나왔다.

또 누군가는,

짝짝짝짝짝~!

재미있다는 듯 크게 박수를 쳐대기도 했다.

차라리 모르는 게 나았다.

세븐 포카드로 2 원 페어에 졌다는 걸 알게 되고 나니 허탈하거나 분한 걸 넘어 말로 표현할 수도 없을 만큼 참담한 기분이 들었다.

이미 각오했던 일인데도 막상 2 원 페어인 걸 눈으로 확인하고 나니 온몸의 맥이란 맥은 죄다 풀려 버리는 것 같았다.

그러나 그런 참담함도 앞으로 다가올 미래에 대한 걱정에 비하면 아무것도 아니었다.

2억 불이나 되는 어마어마한 거금을 잃게 된 것은 물론이고 기가스 컴퍼니 대표의 기분마저 상하게 만들었으니 아버지 황정룽이 그 불같은 성격에 절대로 그냥 넘어가지 않을 것이다.

그 암담한 미래를 생각하면 정밀이지 숨마저 턱턱 막혀올 지경이었다.

혁준은 그런 황창위에게 가볍게 콧방귀를 한 방 날려주고는 더 상대할 가치도 없다는 듯 미련 없이 자리를 털고 일어섰다. 그리고 매니저의 주머니에 칩 하나를 팁으로 찔러 넣어주었다.

"나머지는 전부 제 계좌로 입금해 주세요."

"예! 바로 처리해 드리겠습니다!"

그걸로 끝이었다.

사람들이 더러 말을 붙여오기도 했지만 예의상 몇 마디 인사를 받아주고는 그 길로 바로 카지노를 나왔다.

몇 게임 하지 않았는데도 담보다 뭐다 하면서 허비한 시간이 워낙에 많다 보니 벌써 날이 많이 어두워져 있었다.

"어떻게 할까요? 더 구경하시겠습니까?"

"아뇨. 이 정도면 볼 건 다 본 것 같으니까 그냥 니스 공항으로 가요."

그렇게 니스 공항으로 향할 때였다.

어쩐 일인지 한국의 차유경에게서 연락이 왔다.

"무슨 일이죠? 설마 벌써 제가 보고 싶어 진 겁니까?"

혁준의 농담에도 차유경은 사뭇 사무적인 말투로 대답했다.

"그게 아니라 쑤메이 그룹의 황정룽 회장이 급히 대표님과 통화를 하고 싶다고 연락을 해와서요."

"쑤메이 그룹의 황정룽 회장?"

"예. 자신의 아들 일로 사과드릴 일이 있다고 꼭 좀 연락을 하고 싶다는데……."

황정룽 회장이 아들 일로 사과드릴 일이라면 한 가지뿐이었다. 카지노에서 있었던 황창위와의 일이 벌써 그의 귀에 들어간 것이다.

"어떻게 할까요? 대표님 연락처를 알려드릴까요? 아니면 대표님께서 먼저 연락을 해보시겠어요?"

차유경의 물음에 잠시 생각을 하던 혁준이 고개를 저었다.

"아뇨. 그냥 사과 받을 일 없다고 전해주세요. 그러니까 연락할 필요도 없다고."

"하지만 쑤메이 그룹은 기술제휴 관련해서 이미 우리와 협의 단계에 들어가 있는 곳인데……."

"그렇잖아도 말하려고 했는데, 쑤메이 그룹과의 기술제휴 건 말입니다. 전면 취소할 겁니다."

"예?"

"황정룽 회장한테도 그렇게 전해주세요. 쑤메이 그룹과의 기술제휴는 없던 걸로 하겠다고."

"…대체 거기서 황정룽 회장 아들과 무슨 일이 있었던 거예요?"

"별일 아닙니다. 단지 그 일 때문인 것도 아니고. 그냥 쑤메이 그룹이 알려진 것보다는 그렇게 깨끗한 회사가 아니란 걸 알게 된 것 뿐입니다. 중국 기업 치고는 꽤 건실한 곳이라 생각해서 기술제휴를 고려했던 건데 이젠 그냥 중국다운 회사란 걸 알게 되었으니 그만 접어야죠 뭐."

그랬다.

이건 황창위에 대한 감정과는 별개의 문제였다.

어디까지나 기가스 컴퍼니의 대표로서 기가스 컴퍼니와 기술제휴를 맺기에는 쑤메이 그룹이 여러 가지로 부족한 곳이라 냉정히 판단을 내린 것뿐이다.

물론 그 바람에 황창위가 끝내 가문에서 축출당해 아프리카 오지로 쫓겨나는 안타까운 사태가 벌어지긴 했지만 그거야 어디까지나 자신의 운 없음을 탓할 일이었지 혁준의 뒤끝과는 전혀 상관없는 일이었다.

'아니, 뭐… 아예 상관이 없다고는 할 수 없나?'

아무튼 쑤메이 그룹 일을 그렇게 처리한 혁준은 서둘러 부모님 댁으로 돌아왔다.

제49장

제의

부모님 댁으로 돌아온 바로 그날 갑작스럽게 프랑스 대통령으로부터 만나자는 연락이 왔다.

어디까지나 서로 얼굴이나 보고 인사나 나누자는, 비공식적이고 사적인 의미의 만남이라고 했다. 하지만 막상 프랑스 대통령 지크 사라크를 만나러 가보니 결코 인사나 나누자는 분위기가 아니었다.

그보다 훨씬 더 무겁고 훨씬 더 진지한 분위기였다.

그러한 분위기 속에서 지크 사라크가 혁준에게 처음 꺼낸 말은 상당히 의외의 것이었다.

"미키 캔터 미 상무부 장관이 오늘부로 해임되었습니다."

"……?"

"아무래도 미국의 레임덕이 예상보다 빨리 진행될 듯합니다. 대통령과 정부가 완전히 제 기능을 상실해 버린 상태라고 할 수 있는 거죠. 그런 만큼 기가스 컴퍼니의 미국 내 상황도 크게 바뀌게 될지 모릅니다. 그래서 이렇게 급히 무슈 권을 뵙고자 한 겁니다."

혁준은 지크 사라크 프랑스 대통령의 말이 잘 이해가 되지 않았다. 미키 캔터 상무부 장관이 해임을 당했다는 것은 분명 뜻밖의 소식이긴 했다.

깊이 사귄 사이는 아니지만 그래도 미국에 정착하기까지 자신을 위해 물심양면으로 도와준 사람이었으니 왜 갑자기 해임을 당한 건지 그 이유가 궁금한 것도 사실이다.

하지만 딱 그 정도의 관심이었다.

어차피 정관계라는 게 인사이동이야 빈번하게 일어나는 곳이었고, 현 대통령의 성추문 스캔들로 정부 부처의 고위 관료들이 하루가 멀다 하고 잘려 나가고 있다는 것 정도는 들어 알고 있었다.

레임덕이 시작되었다는 것도 새삼스러울 것도 없었다.

'그게 프랑스 대통령이 이렇게 직접 날 찾아올 만한 일인가?'

기가스 컴퍼니의 미국 내 상황이 크게 바뀔 거라는 것도 잘 납득이 되지 않았다.

물론 정권이 바뀌면 정책도 바뀌게 마련이고 그러면 지금까지 그가 미국에서 누렸던 혜택들도 직간접적으로 영향을 받는 거야 당연했다.

하지만 기가스 컴퍼니는 엄연히 사기업이었다.

어디까지나 순수한 기술력으로 커온 기업이었고 백 퍼센트 순수한 자기 자본으로 움직이는 곳이었다. 그런 만큼 정권이 바뀐다고 미 정부가 그를 제재할 수 있는 그 어떤 권리도 명분도 없었다.

'기껏해야 세금 감면 정책이나 좀 손보는 정도일 테지.'

그 정도는 이미 각오를 하고 있었다.

물론 그조차도 과연 미국 정부가 그렇게 나올까 하는 부분에선 그다지 현실성이 없었다.

레임덕이 되던 정권이 바뀌던 간에 기가스 컴퍼니가 미국 경제와 군수산업에 미치는 영향력을 생각하면 정부가 바뀌든 정권이 뒤집히든 간에 감히 자신에게 함부로 하지는 못할 거라는 확신이 있었던 것이다.

그런데 지크 사라크 대통령의 생각은 그와는 전혀 다른 모양이었다.

"아시는지 모르겠지만 무슈 권이 한국에 경제특구를 만

드는 일을 미 의회에서는 상당히 부정적인 시각으로 보고 있습니다. 특히 공화당은 미국에 대한 기만이고 배은망덕이라며 그간 무슈 권에게 이용당한 민주당 정권을 강력하게 비난하는 것은 물론이고 기가스 컴퍼니에 주었던 혜택도 모두 거두어들여야 한다고 지탄의 목소리를 높이고 있는 실정입니다. 물론 거기에는 좀 더 복잡한 원인이 있습니다."

"……."

"우선 민주당을 공격할 명분으로 무슈 권이 공화당의 타깃이 되었다는 것입니다. 지금 그들에게 있어 무엇보다 중요한 것은 미국의 국익이 아니라 정권 쟁취니까요. 그 하나의 목적을 위해서라면 당장 미국이 입을 다소의 손해 따위는 충분히 눈감을 수 있는 것이 정치인들이니까 말입니다. 그리고 또 하나 무슈 권이 그들의 타깃이 된 이유는 기가스 컴퍼니와 기술제휴를 맺지 못한 기업들이 공화당 정치인들을 움직이고 있다는 것입니다. 그 중심에 있는 것이 S&D펀드의 사무엘 미추입니다. 현 대통령의 성추문 스캔들로 임기말기 공화당이 실권을 잡으면서 S&D펀드의 미국 내 영향력은 이미 에이팩을 넘어섰다고 해도 과언이 아닙니다. S&D펀드가 깔아 놓은 황금 카펫을 밟지 않고는 미 의회에 들어갈 수 없다는 말이 공공연히 정계에 떠돌고 있을 정도이니 말입니다."

지크 사라크의 말을 듣고만 있던 혁준이 눈살을 찌푸리며 물었다.

　"그러니까 S&D펀드를 중심으로 해서 그동안 기가스 컴퍼니의 기술 혜택을 받지 못한 기업들이 모여 나를 미국에서 축출이라도 하려고 한다, 이 말씀입니까? 거기에 민주당을 압박할 목적으로 공화당도 동조를 하고 있는 거고?"

　"그들이 원하는 건 축출이 아닙니다. 어디까지나 기가스 컴퍼니와의 기술제휴가 첫 번째 목적입니다. 물론 최종 목표는 기술독점일 테고 말입니다. 그러기 위한 압박입니다. 문제는 압박의 강도가 꽤나 거칠고 강하다는 것이 문제입니다. 공화당의 성향이란 게 탄력적이기 보다는 미국 지상주의의 강경노선을 걷고 있고 또한 강압적이고 공격적입니다. 특히 다음 대통령으로 유력시 되는 조지 워커 부시는 그런 보수 우파 성향을 그대로 물려받은 인물입니다. 자신이 한 약속은 철저히 지키고자 하는 사람이지만 그 약속을 지키기 위해서는 수단도, 방법도 심지어 그 어떤 희생도 불사할 만큼 저돌적이고 아집이 강한 사람입니다. 그런 그가 공화당을 받치고 있는 기업인들에게 약속을 한 겁니다. 기가스 컴퍼니의 기술을 가지게 해주겠다고."

　"……"

　"현재 미 의회를 장악하다시피 한 공화당의 기가스 컴퍼니에 대한 공격적이고도 원색적인 비난은 이미 도를 넘어선 상태입니다. 언론을 움직여 미국 내 여론마저도 점점 좋지 않게 흘러가고 있는 상황입니다. 그동안은 미키 캔터 상무부 장관이 온몸을 던져 그런 공격들을 막아주고 있었지만 결국 오늘 해임을 당하고 말았죠. 미키 캔터 상무부 장관은 대통령의 최측근이자 오른팔이며 클린턴 행정부의 좌장격인 인물이었습니다. 상원에서 대통령의 탄핵 결의안이 결국 부결이 되었다고는 하지만 미키 캔터를 잃은 이상 레임덕은 피할 수 없게 된 겁니다."

그 말은 곧 든든한 바람막이가 완전히 사라져 버렸다는 뜻이다.

바람막이가 사라졌으니 이제부턴 그 서슬 퍼런 칼바람이 고스란히 자신을 향하게 될 것이라 그렇게 말하고 있었다.

미키 캔터가 그렇게나 자신을 위해 애써주고 있었다는 것이 의외이기도 했고 미국이 앞으로 어떻게 나올지 모른다는 것이 마음을 무겁게 하기도 했다.

하지만 겁은 안 난다.

미국을 겁낼 이유가 없다.

다음 정권이 민주당에서 공화당으로 바뀔 거라는 소식을 들었을 때 이런 상황을 생각해 보지 않은 것이 아니었다.

이런저런 시뮬레이션을 다 해봤다.

그리해 내린 결론은 레임덕이 오든 정권이 바뀌든 간에 자신이 가진 기술력이면 어떤 상황에서도 얼마든지 자생이 가능하다는 것이었다.

그래서 미국의 상황은 크게 신경 쓰지 않았다.

지금 그를 가장 궁금케 하고 있는 것은 미국의 정세가 아니라, 자신을 불러 이런 말을 꺼내는 지크 사라크의 의도였다.

"그래서… 대통령께서 제게 하시려는 말씀이 무엇입니까?"

"만일 미 공화당에서 무슈 권께 무리한 요구를 해온다면 그땐 어떻게 하시겠습니까?"

"경우에 따라서 다르겠죠. 상대가 미국이고 적잖은 도움을 받은 것도 있으니 제가 수용할 수 있는 것이라면 다소간의 불편이나 손해는 감수해야겠지만 그 정도를 넘어선 것이라면……."

"미국과 갈라설 수도 있다는 말씀입니까?"

"미국이 그렇게 나온다면 미국 땅에 목을 맬 이유야 없죠. 우리는 어디까지나 기술을 제공하는 기업이고 기술의 제공이야 어디에서든 가능하니까요."

"하지만 미국은 그렇게 순순히 무슈 권을 놓아주려하지 않을 겁니다. 미국이 가진 힘을 이용해 수단과 방법을 가리지 않고 무슈 권을 강제하려 할지도 모릅니다."

"미국이 나한테 미사일이라도 날릴 거라는 말씀입니까?"

"그렇진 않겠죠. 부시와 공화당이 아무리 무도하다고 해도 무슈 권에게 무력을 쓸 만큼 분별없는 자들은 아니니까요. 그랬다가는 우리 프랑스를 비롯해서 독일과 영국 등, 경제의 많은 부분을 기가스 컴퍼니의 기술에 의존하고 있는 나라들이 가만히 있지 않을 테니까 말입니다. 하지만 일개인을 강제하는 방법이 무력만 있는 것은 아니죠. 오히려 무력보다도 더 무서운 것이 법 제도 안에서의 규제입니다. 권력자들의 입맛에 맞게 참 쉽게도 변형되는 것이 법이란 놈인데, 미국이, 부시가, 그리고 공화당이 그 법을 이용해 무슈 권과 기가스 컴퍼니를 강제하려 든다면 그땐 어찌하시겠습니까?"

"그러니까… 하시고 싶은 말씀이 정확히 뭡니까?"

자꾸만 대화가 빙빙 도는 듯하자 혁준이 살짝 미간을 찌푸리며 단도직입적으로 물었다.

그제야 지크 사라크가 본론으로 들어갔다.

"지금 무슈 권에게 필요한 것은 미국으로부터 무슈 권을 안전하게 지켜줄 보호막입니다. 그리고 한국은 무슈 권의 보호막이 되기에는 부족한 나라입니다."

"그래서요?"

"프랑스가 무슈 권을 보호해 드리겠습니다."

보호막 얘기가 나왔을 때부터 이미 짐작은 했던 말이었다.

확실히 프랑스는 군사적으로나 경제적으로 분명 한국과는 비교도 안 될 만큼 강한 나라였다.

국제 사회에서도 미국이 추진하는 부당한 일에 당당히 자신들의 목소리를 내는 나라였고 그래서 미국이 가장 껄끄러워하는 나라가 프랑스였다.

한국에서라면 어떤 일도 가능한 것이 미국이지만 상대가 프랑스라면 얘기가 달라질 수밖에 없다. 프랑스가 가진 유럽에서의 영향력은 아무리 무소불위의 미국이라고 해도 간단히 무시해 버릴 수 있는 것이 아닌 것이다.

하지만,

"조건이 뭡니까?"

당연히 공짜일 리는 없다.

미국이 프랑스를 껄끄러워하는 것 이상으로 프랑스에게도 미국은 껄끄러운 상대였다.

미국과 외교적인 마찰을 빚을 수도 있는 위험을 무릅쓰면서까지 자신을 보호해 주겠다는 데는 당연히 그에 상응하는 조건이 붙게 마련이었다.

혁준의 물음에 지크 사라크가 잠시 호흡을 고른 후 입을 열었다.

"흔히 프랑스를 일컬어 사람들은 경제대국이라고 합니다. 제조업과 농업이 고루 발달된 경제 선진국이고, 얼마 전엔 독일과 함께 유로존 창설에 앞장서서 그만큼의 지위도 확보했기 때문입니다. 하지만 프랑스의 사정은 세상에 알려진 것과는 많이 다릅니다. 경제성장률은 점점 독일에 뒤처지고 있고 일부 기업 경쟁력 부문에서는 앞으로 스페인보다도 낮아질 가능성이 높습니다. 무역수지도 점점 줄어들고 있고 가방, 의류 등의 경공업 분야를 제외하고 자동차, 섬유, 철강, 통신, 가전 등 주요 제조업 분야는 기술의 독일과 저임금의 중국에 밀리고 있는 것이 현실입니다."

어디 그뿐이랴.

프랑스 경제의 버팀목 중 하나인 관광 산업조차 물가가 상승하면서 급격한 하향세를 보이고 있었다.

때문에 프랑스의 국가 부채와 실업률은 점점 감당할 수 없는 지경까지 치솟고 있는 것이 현 프랑스가 당면해 있는 심각한 문제들이었다.

유로존 창설에 뛰어든 것이 이를 해소해 보고자 함이었다.

하지만 기대했던 만큼의 효과는 나오지 않고 있었다.

"이는 비단 프랑스만의 문제가 아닙니다. 유럽 대부분의 국가들이 당면해 있는 문제이고 이대로라면 유럽 경제가 앞으로 10년을 버티지 못하고 몰락할 거라는 '유럽 경제 10년 위기설' 이 현실이 될 수도 있습니다."

지크 사라크의 말은 프랑스 대통령으로서는 오히려 숨기고 감춰야 할 치부들이었다. 그런 치부들을 이렇게 드러내면서까지 자신에게 요구하려는 게 뭔지 점점 더 궁금해지는 혁준이다.

그런 혁준을 보며 지크 사라크가 또다시 생뚱맞은 질문을 던져왔다.

"혹시 유럽 경제 지역을 아십니까?"

알고 있다.

일종의 경제특구와 비슷한 개념의 자유무역지역으로, 여타의 자유무역지역과 다른 점은 유럽의 서른 개 국가로 구성된 초국가적이고 초법적인 거대 단일 통합 시장이라는 것이다.

혁준이 고개를 끄덕이자 지크 사라크가 말을 이었다.

"앞서 말씀드린 것과 같은 이유로 위기의식을 공유한 유럽의 국가들이 그 해결책으로 내놓은 것이 바로 유럽 경제 지역입니다. 국가 간 상품, 서비스, 자본, 노동력의 자유로운 이동을 가능하게 하여 상호 개방과 기술협력을 원활하게 하고 그걸 통해 유럽 공동의 이익을 지키고 균형적인 경제

성장을 이루자는 취지에서 만들어진 것이지만, 국가 간 언어가 다르고 문화가 다르다 보니 그만큼 일자리를 구하기가 힘들어지고 또 그만큼 노동력의 유동성은 현저히 떨어질 수밖에 없습니다.

"……."

"그렇게 노동력의 이동에서부터 문제가 생겨버리니 자본, 서비스, 상품 모든 면에서 제대로 돌아가질 못하고 있는 것이 현재의 유럽 경제 지역입니다. 애초에 기대했던 경제 효과에 한참 못 미치고 있는 수준이라는 겁니다. 아니, 기대했던 경제 효과는커녕 당장의 이득에만 급급해져서 개방과 기술협력을 놓고 국가 간 반목만 생겨나고 있는 상황입니다. 거기다 유럽공동체의 흥망과 같이할 수밖에 없다는 태생적 한계까지 있으니… 더 이상은 거기에만 희망을 걸 수 없다는 것이 현 프랑스 정부의 판단입니다."

"그래서요?"

"그래서 프랑스는 유로존과 유럽 경제 지역이 아닌 새로운 가능성에 프랑스의 미래를 맡겨보기로 했습니다. 독자적이고 독립적인 자유무역지역의 출범이 바로 그것입니다. 그 자유무역지역을 무슈 권께서 맡아주십시오."

"뭐라고요?"

그 느닷없는 제안에 혁준이 눈을 휘둥그레 떴다.

그런 혁준을 보며 지크 사라크가 간략히 말했다.

"어렵게 생각하실 것 없습니다. 저는 지금 한국에 건설 중인 경제특구를 그대로 프랑스에도 만들어 주십사 그렇게 부탁드리고 있는 겁니다."

"……."

어렵게 생각하고 있는 건 아니었다.

다만 그 제안이 너무 느닷없고 어리둥절할 뿐이었다.

그렇게 혁준이 어리둥절해하고 있자 지크 사라크가 보다 또렷하고 확신에 찬 목소리로 한 자 한 자 힘주어 말했다.

"프랑스는 무슈 권의 이름과 기가스 컴퍼니가 가진 기술력에 프랑스의 미래를 걸어보기로 했습니다. 프랑스의 힘과 기가스 컴퍼니의 기술력이 합작된 자유무역지역이라면 분명 새로운 시대에 새로운 가능성이 되어줄 거라 믿습니다. 프랑스는 그 모든 가능성을 무슈 권에게 맡기겠습니다!"

지크 사라크 프랑스 대통령의 제의는 즉흥적인 것도, 급변하는 미국의 상황에 맞춰 급조한 것도 아니었다.

그도 그럴 것이 집무실 안으로 실무진들이 들어오고 그들이 들려주는 자유무역지역에 대한 브리핑은 자금 조달 문제부터 향후 관리, 프랑스 정부와 혁준과의 공조에 대한 부분에까지 상당히 상세하고도 현실적인 계획들로 이루어져 있었다.

무엇보다 인상적인 것은 자유무역지역의 구조와 체제가 한국의 경제특구와 상당히 흡사하다는 것이었다.

"그야 한국의 경제특구를 롤 모델로 했으니까요."

롤 모델 정도가 아니라 아예 그대로 옮겨다 놓은 것 같았다.

그런 만큼 혁준이 가지는 권력 구조는 한국의 경제특구와 크게 달라진 것이 없었다.

그 외에도 혁준에 대한 배려와 성의가 곳곳에 묻어나 있었다. 다만 한국의 경제특구와 다른 것은 지분 문제였다.

한국의 경제특구가 온전히 혁준의 것이라면 이번 자유무역지역은 프랑스에도 어느 정도의 권리를 인정해 달라는 것이었다.

하지만 그건 당연한 일이었다.

한국의 경제특구는 순전히 혁준의 순수 자본이 들어간 반면에 이번 자유무역지역은 상당 부분 프랑스에서 자금을 지원해 주기로 한 것이다.

그건 혁준의 입장에서도 반대할 이유가 없었다.

현재 혁준은 한국의 경제특구에 거의 대부분의 자금을 다 쏟아부은 상태라 지금 가진 자본으로는 프랑스의 자유무역지역까지 커버하기에는 어차피 무리가 있었다.

일정 부분 프랑스의 도움을 받을 수밖에 없는 상황이었

다. 그러니 프랑스가 그만큼의 지분을 가져가는 건 당연한 일이었다.

"어떻습니까? 아직 완성된 시안은 아니니 혹시 마음에 걸리시는 부분이 있으면 기탄없이 말씀해 주십시오. 다음 브리핑 때는 무슈 권의 의견을 최대한 반영해서 준비하겠습니다."

그렇게 말하며 지크 사라크가 혁준의 눈치를 살폈다.

이미 혁준의 마음까지 철저하게 고려해서 짜놓은 시안이었다. 세부적인 부분에서 조율이 필요하긴 하겠지만 전체적으로 깔끔했다.

차후에라도 문제가 될 만한 요소들은 철저히 배제가 되었거나 배제할 수 없는 부분들은 그 대안마저 완벽하게 준비가 되어 있었다.

마음에 들었다.

그 안에서 자신의 권한이 한국의 경제특구와 크게 다르지 않다는 것도, 자신의 권리를 보호하는 장치들이 오히려 한국의 경제특구보다도 더 확실하게 갖추어져 있는 것도, 그들의 그 절박하고 절실한 마음들이 그대로 느껴지는 성의와 배려도, 심지어 일정 부분의 지분은 가져가지만 당장의 금전적 부담을 덜어주는 공동 출자에 관한 부분마저도 상당히 흡족한 제안이었다.

마다할 이유가 없었다.

하지만 그렇다고 당장 결정을 내릴 만큼 가벼운 사안은 아니었다.

"저희 쪽으로 자료를 보내주시면 긍정적으로 검토를 해보겠습니다."

차유경은 물론이고 법무팀과도 먼저 의견을 나눠본 다음에 고칠 것은 고치고 추가할 것은 추가해서 일을 진행해야 했다.

그래도 혁준의 긍정적인 태도에 적잖이 안도를 하는 지크 사라크다.

"프랑스와 무슈 권이 손을 잡는 순간을 기대하고 있겠습니다."

"저 역시 좋은 결과가 있기를 기대하고 있습니다."

그렇게 마지막 인사를 끝으로 지크 사라크와 헤어진 혁준은 집으로 향하며 곧바로 차유경에게 전화를 걸어 그 사실을 알렸다.

"프랑스에서 그런 제안을 해왔다고요?"

대강의 이야기를 전해들은 차유경이 흥분한 목소리로 그렇게 되물어왔다.

"일단 듣기에는 나쁘지 않은 제안인 것 같은데 말이야."

"나쁘지 않은 제안 정도가 아니에요. 미국이나 아시아에 비해 유럽 쪽은 우리 기가스 컴퍼니의 기반이 상대적으로 약한 것이 사실이에요. 아무래도 유럽인들이 대체로 자존심 강하고 오만하고 배타적인 성향이 강하다 보니 일을 하는데 여러 가지로 어려움을 많이 겪고 있죠. 정말로 프랑스에 그런 자유무역지역을 만들 수 있다면 거기에서 얻어지는 수익도 수익이지만 부가적으로 얻게 되는 것도 그 못지않을 거예요. 한국의 경제특구를 아시아권의 거점으로 삼고 프랑스의 자유무역지역을 유럽권의 거점으로 삼는다면 우리의 영향력은 지금보다 몇 배는 더 커질 테니까요."

"그러니까 부사장님은 찬성이라는 거죠?"

"자세한 세부 사항을 살펴야 하겠지만 우리 쪽 의견을 최대한 반영해 주겠다고 했으니 일단은 마다할 이유가 없어요."

"그렇군요. 그럼 되도록 하는 방향으로 하고, 그쪽 실무진들을 부사장님한테 보낼 테니까 만나서 좀 더 구체적으로 진행을 해봐요."

그렇게 결정을 내린 혁준은 조금 전 지크 사라크에게서 들었던 미국 내 상황을 차유경에게 얘기를 할까 하다가 그만뒀다.

가뜩이나 한국 경제특구 문제만으로도 그녀가 얼마나 정신없이 바쁘게 지내고 있는지 너무도 잘 알고 있었다. 거기다 프랑스 자유무역지역에 관한 것까지 떠넘긴 상황, 괜한 걱정거리를 안겨주고 싶진 않았다.

하지만 그가 말을 꺼내기도 전에 이미 미국 쪽 상황에 대해선 혁준보다 더 잘 알고 있는 차유경이었다.

"혹시 미국 소식 들으셨어요? 제일린에게 들었는데 상황이 긴박하게 돌아가고 있는 것 같아요. 기가스 컴퍼니에 대한 여론도 상당히 좋지 않게 흘러가는 것 같고……. 미키 캔터 상무부 장관마저 오늘 전격적으로 해임되었다고 해요."

"나도 들었어요."

"뭔가 대책을 세워야 하지 않겠어요?"

"대책?"

"어차피 현 정권은 회생불능인 상황이고 차기는 공화당이 유력시 되고 있으니……."

"그러니까 지금 나더러 줄타기라도 하라는 겁니까?"

순간 혁준의 목소리에 날이 섰다.

물론 차유경의 걱정을 모르는 바는 아니었다.

상대가 미국이었다.

아무리 세계 경제계를 한 손에 쥐락펴락하는 혁준이라고 해도 어떤 것도 장담할 수 없는 것이 미국이라는 나라였고 혁준에게 어떤 짓도 할 수 있는 것이 미국이라는 나라가 가진 힘이었다.

하지만 싫었다.

미국 정치인들의 똥꼬나 빨아줄 생각이었으면 애당초 한

국을 버리고 미국으로 건너오지도 않았을 것이다.

똥꼬를 빨아줄 정치인들이야 한국에도 얼마든지 있었으니까.

그게 싫어서 택한 미국행이었다.

어디 이번 한 번뿐이겠는가?

정권이 바뀔 때마다 매번 그 짓을 해야 하는 것이다.

'차라리 그럴 바에야 다 때려치우고 세상 유람이나 하면서 세월아 네월아 하고 말지.'

혁준의 날선 목소리에서 혁준의 심기를 읽은 차유경도 체념과도 같은 한숨만 내쉴 뿐 거기에 대해서 더는 말을 꺼내지 않았다. 혁준의 성격을 누구보다도 잘 알고 있는 것이다.

그런 차유경에게 혁준이 달래듯 말했다.

"걱정 마세요. 미국 경제에서 기가스 컴퍼니가 차지하는 비중이나 영향력이 그렇게 만만한 것은 아니니까. 게다가 세상 보는 눈도 있고. 아무리 미국이라고 해도 날 함부로 하지는 못합니다. 저, 그렇게 호락호락한 남자 아니잖아요?"

"그래도 안전장치는 많으면 많을수록 좋으니까 프랑스와의 자유무역지역에 관한 협의를 최대한 서두를게요. 프랑스가 뒤에 확실하게 버티고 있어주면 미국도 그만큼 부담을 느낄 테니까."

"예, 그래도 챙길 건 확실히 챙겨야죠. 급하다고 막 퍼주고 하면 안 됩니다."

"네, 알겠어요. 걱정 말아요. 저, 그렇게 허술한 여자 아니잖아요?"

차유경이 혁준의 말투를 따라하며 살포시 웃었다.

전화상인데도 그 웃는 얼굴이 선명했다.

안심이 된다.

역시 이런 상황에서의 차유경은 정말이지 유능한 부하 직원이자 모든 걸 믿고 맡길 수 있는 더할 수 없이 든든한 조력자인 것이다.

그렇게 조금은 무거운 내용의 통화를 차유경의 농담으로 조금은 가벼운 마음으로 끝마쳤을 때였다.

때마침 한 통의 전화가 걸려왔다.

"미스터 권. 미키 캔터입니다."

뜻밖에도 미키 캔터의 전화였다.

"어쩐 일이십니까? 장관직에서 물러나셨다는 소식은 들었습니다만……."

"아, 벌써 미스터 권께도 그 소식이 전해진 모양이군요. 예, 방금 물건들을 정리하고 나오는 길입니다."

처연한 목소리였다.

깊게 친분을 나눈 사이는 아니지만 그가 자신을 위해 해준 일을 듣고 난 후여서 그런지 마음이 좋지 못했다.

"혹시 장관직에서 해임되신 것이 저 때문입니까?"

혹시나 해서 물었다.

"아닙니다. 상원에서 탄핵안이 부결되는 과정에서 여러 가지 사정이 있었습니다."

다행히 혁준 때문은 아닌 모양이었다.

"그보다 제가 이렇게 미스터 권께 연락을 드린 것은, 미스터 권을 미국으로 모셔온 것이 저인데 이런 좋지 못한 상황에서 아무런 도움도 되어드리지 못하고 물러나게 된 것에 대해 사과를 드리고자 함입니다."

"그거야 장관님 잘못이 아니지 않습니까? 불가항력적인 상황인 것을 어쩌겠습니까."

"그렇긴 합니다만 이 모든 게 대통령의 보필을 잘못해서 빚어진 일이니 책임에서 자유로울 수는 없지요."

"그래도 저한테는 사과하실 필요 없습니다. 장관님께서 미 의회에서 저를 위해 애써주신 거 잘 알고 있습니다. 한국에서 어려울 때도 장관님께서 저를 많이 도와주시지 않으셨습니까? 이미 그것만으로도 충분히 고맙고 감사하게 생각하고 있습니다."

"미스터 권께서 그리 생각을 해주신다니 한결 마음이 가벼워지긴 합니다만… 미스터 권. 주제넘은 줄 알지만 미스터 권께 조언 하나만 해드려도 되겠습니까?"

"……?"

"미국 내 사정은 이미 알고 계신 듯하니 부연은 생략하고 말씀드리겠습니다."

"……?"

"미스터 권. 공화당과 손을 잡으십시오."

미키 캔터의 갑작스러운 말에 눈을 동그랗게 뜨며 의아해하는 혁준이다.

"공화당과 손을 잡으라구요?"

뜻밖이다 못해 황당할 지경이다.

그건 민주당을 지탱하는 기둥이자 공화당 최고의 정적인 미키 캔터의 입에서 나올 만한 말이 절대로 아니었기 때문이다.

"예, 공화당과 손을 잡으십시오. 미국과 미스터 권이 공생하는 길은 지금으로선 그것밖에 없습니다."

"하지만 그렇게 되면 민주당을 지지하고 있는 기업들과는 완전히 관계를 끊어야 할지도 모릅니다. 어쩌면 그 피해는 수습이 불가능할 정도로 막대한 것이 될지도 모릅니다. 그런데도 공화당과 손을 잡으라는 말씀입니까?"

"미국을 위해서는 미스터 권을 잃는 것보다는 차라리 그 편이 낫습니다."

"……."

"당색이니 당론이니 당파니 하는 걸 떠나서 미스터 권을 잃게 되는 건 미국에겐 너무도 큰 불행입니다. 그것만큼은 무슨 수를 써서라도 막고 싶은 것이 제 개인적인 욕심이자 책임입니다."

미키 캔터의 말에 혁준의 얼굴이 심각하게 굳어졌다.

"그 말씀은 제가 만일 공화당과 손을 잡지 않으면… 미국에서는 더 이상 살 수 없을 거라는 말씀입니까? 두 가지 길밖에 없을 만큼 지금 미국 내 상황이 극단적으로 치닫고 있다는 말씀입니까?"

"……."

미키 캔터는 대답을 하지 않았다.

하지만 그 침묵이 모든 것을 말해주고 있었다.

지금 현재 공화당은 혁준이 생각하고 있는 것보다도 훨씬 더 강경하고 폭압적인 태도를 취하고 있는 것이 분명했다.

아니나 다를까, 그렇게 미키 캔터와의 통화를 마치고 집에 도착했을 때였다.

상무과학교통위원회에서부터 세입세출위원회, 국토안보위원회, 재무위원회 등등… 무려 여덟 곳이나 되는 미 의회위원회로부터 청문회 출석 통지서가 날아와 있었다.

제50장
압박

"도대체 회계장부에 무슨 짓을 했기에 법인세를 내지 않는 겁니까?"

공화당 잭 이스프리 여성 의원의 말에 혁준이 심드렁하게 대답했다.

"우리는 부과 받은 세금에서 한 푼도 빠짐없이 다 내고 있습니다. 그리고 세금에 관한 부분은 이미 육 개월 전에 세출세입위원회에서 다 밝힌 것이고 문제가 없다고 결론이 난 것인데 왜 여기서 또 법인세를 들먹이는지 알 수가 없군요."

혁준의 목소리에는 심지어 짜증마저 묻어나왔다.

그러자 같은 공화당의 마가릿 호치슨 의원이 '쾅!' 하고 거칠게 탁자를 치며 사납게 눈을 부라렸다.

"우리가 묻고자 하는 것은 위법의 여부가 아닙니다. 어디까지나 조세 윤리와 도의에 대해 묻고 있는 겁니다. 아시겠습니까?"

"그러니까 우리 기가스 컴퍼니의 어디가 조세 윤리와 도의에 어긋난다는 건지 모르겠다는 겁니다."

"올해 1, 2분기 귀사가 미국 기업들을 대상으로 올린 매출이 300억 달러를 넘겼습니다. 그런데 신고된 매출은 그 6분의 1인 50억 달러가 채 되지 않았습니다. 미국에서 올리는 매출과 순이익의 대부분이 왜 한국과 프랑스 법인의 회계 장부에 잡히는 겁니까? 조세피난처를 이용해 세금을 줄이려는 의도는 아닙니까?"

"조세피난처요?"

혁준은 어이가 없었다.

조세피난처라니?

물론 한국과 프랑스 법인을 통해 내는 세율은 미국보다 낮았다. 차익이 생기는 부분은 분명히 있었다.

하지만 미국 기업들로부터 들어오는 로열티를 한국과 프랑스 법인으로 바로 들어가게 만든 것은 한국과 프랑스에 건설 중인 경제특구와 자유무역지역에 그만큼 많은 돈이 들어가기 때문에 최대한 절차를 간편히 해서 필요한 자금 조달을 원활하고도 신속하게 하고자 함이었다.

조세피난처가 편법이긴 해도 불법은 아닐뿐더러 한국과 프랑스 법인을 조세피난처의 의도로 사용하지도 않았고, 무엇보다 미국은 조세피난처 문제로 조세 윤리니 도의니 하는 것을 내세울 처지도 아니었다.

글로벌 기업들을 조세피난처에 뺏기지 않기 위해 세율 낮추기 경쟁은 물론이고 일자리 창출이라는 명분 아래 기업들에게 과도한 혜택을 허용하며 오히려 스스로 조세피난처가 되고 있는 게 작금의 미국이라는 나라였다.

억지 트집이었다.

애당초 기가스 컴퍼니의 매출과 순이익의 대부분이 한국과 프랑스 법인으로 들어가는 이유는 그들이 더 잘 알고 있었다.

정말로 조세피난처를 이용하려 했다면 차라리 법인세가 완전 면제되는 버뮤다제도나 카리브해 등을 택했을 것이다. 그런데도 조세 윤리니 도의니 하며 억지 트집을 잡아댄다.

한두 번이 아니다.

새삼스러울 것도 없다.

처음 상무과학교통위원회에서 청문회를 받은 이후로 거

의 한 달 간격으로 이어진 각종 청문회가 전부 다 이런 식이었다.

말도 안 되는 이유로 사람을 불러다가 괜한 트집이나 잡으면서 신경을 긁어대기 일쑤다.

다른 목적이 있어서 그런 것이 아니다.

그저 혁준을 괴롭히려는 것뿐이다.

아니, 길들이기였다.

아직도 공화당에 머리를 숙이지 않는 혁준이 스스로 알아서 머리를 숙이도록 길들이고 있는 것이다.

그날의 청문회도 그렇게 생트집 잡기로 두 시간이 넘도록 붙들려 있고 나서야 겨우 의회 의사당을 빠져나올 수 있었다.

"오늘은 유난히 더 얼굴이 좋지 않습니다."

의회 의사당을 나오자 지젠느 특경대 대장 필립 알퐁소가 말을 걸어왔다.

청문회 출석 통지서를 받고 처음으로 의회에 출두하던 그날부터 지금까지 쭉 지젠느 특경대가 혁준을 경호하고 있었다. 그것도 프랑스에서보다 두 배나 많은 인원이었다.

지크 사라크 프랑스 대통령의 배려였다.

그들 특경대 팀이라면 어떤 경우라도 혁준의 안전 하나만큼은 지켜줄 거라며 특경대 팀을 아예 그에게 전담시켜 버렸다.

덕분에 호랑이 아가리나 다름없는 미국인데도 크게 걱정 없이 거리를 활보할 수 있었다.

필립 알퐁소의 말에 혁준은 쓴 웃음을 베어 물었다.

"워낙에 사람 속 긁는 데는 탁월한 능력을 보여주시는 양반들이잖습니까? 거기다 이건 뭐 스킬이 하루가 다르게 일취월장들 하시니……."

"그래도 곧 대선이니 한동안은 잠잠하지 않겠습니까?"

"그렇겠죠. 뭐, 대선이 끝난 다음에는 지금보다 더 힘들어질 테지만……."

이젠 정말 어떤 식으로든 결정을 내려야 했다.

언제까지 이렇게 질질 끌려다닐 수는 없는 노릇이었다.

지긋지긋하기도 하거니와 한국의 경제특구에 이어서 이제 프랑스의 자유무역지역까지 본격적으로 일이 진행되는 시점이라 한창 바쁠 때였다.

몸이 열 개라도 모자랄 판국인데 이렇게 별 의미도 없는 청문회에 마냥 불려 다닐 수만은 없는 것이다.

그런데 혁준이 그런 생각을 하며 의사당 건물 계단을 내려가고 있을 때였다.

"오! 이게 누구십니까? 미스터 권이 아니십니까?"

계단을 내려가고 있는 혁준과는 반대로 그 계단을 오르고 있던 한 사람이 혁준을 보며 반갑게 인사를 건네 왔다.

누군가 싶어 바라보던 혁준의 눈에 순간 어떤 불쾌감이 스쳐갔다.

'사무엘 미추⋯⋯.'

혁준에게 반갑게 인사를 건네 온 사람은 그런 반가운 인사와는 전혀 어울리지 않는 S&D펀드의 사무엘 미추였다.

"미스터 권께서 의회에는 어쩐 일이십니까?"

궁금해서 묻고 있는 것이 아니다.

뻔히 알고 있으면서 비꼬듯 놀리듯 모르는 척 가식을 떨고 있다.

"듣자 하니 요즘 많이 바쁜 모양이더군요. 한국이다 프랑스다⋯ 이러다 미국이 닭 쫓던 개가 되는 건 아닌지 걱정하시는 분들이 많습니다. 대 기가스 컴퍼니의 오너께서 어려울 때 도와준 은혜도 모르고 박쥐 짓이나 할 리가 없는데 말입니다. 안 그렇습니까?"

"⋯⋯."

"개가 짖기만 해도 도둑 들었다 호들갑을 떠는 게 노인네들의 노파심이란 거니 미스터 권이 이해를 하십시오."

사무엘 미추는 몇 년 사이 느낌이 많이 바뀌어 있었다.

전에는 건방지긴 했지만 속에 있는 생각을 있는 그대로 다 드러내는 솔직함이라도 있었는데 정치판에서 굴러먹으며 노회한 정치인들을 상대해서인지 아니면 가진 만큼의 여유가 생겨서인지 그 사이 능구렁이가 되어버렸다.

아니, 혓바닥을 베베 꼬아대는 게 이미 노회한 정치인이나 다름이 없다.

"물론 그렇다곤 해도 미스터 권도 태도를 확실히 하는 게 좋을 겁니다. 시대가 바뀌었으면 새 시대의 흐름에 맞추는 게 기업하는 사람의 지혜가 아니겠습니까? 이미 저무는 태양에 미련을 가지는 건 어리석은 집착일 뿐이죠. 이제 대선까지 두 달입니다. 지금까지는 기가스 컴퍼니가 가진 기술력을 아껴서 윗분들께서 무던히도 참아주고 계셨던 거지만 대선이 끝난 다음에는 지금까지와는 많이 달라질 겁니다. 아무리 기가스 컴퍼니의 기술력이 대단하다고 해도 그래 봤자 미국이라는 큰 제품에 들어가는 작은 부품일 뿐이니까 말입니다. 작은 부품 하나가 말썽이 생기면 수리를 하기 보다는 차라리 교체를 해버리는 게 '그분'의 스타일이시고 말입니다."

사무엘 미추의 말인즉슨, 이제 그만 버티고 알아서 기라는 것이다.

조언을 가장한 협박에 혁준은 그저 불쾌히 얼굴만 구기고 있었다.

그러자 사무엘 미추가 마치 아랫사람 대하듯 혁준의 어깨를 툭 치고는 오르던 계단을 마저 올라갔다.

그야말로 호랑이의 위세를 빌려 호기를 부리는 여우나 다름이 없다.

'저걸 그냥 확 조져 버려?'

순간 울컥했지만 참았다.

성질 많이 죽었다.

하도 청문회에서 많이 시달리다 보니 참을성 레벨이 만렙을 찍어버린 것 같다.

게다가 사무엘 미추의 말은 틀린 것이 없었다.

확실히 민주당은 이미 저무는 해였고 공화당은 떠오르는 해였다. 둘 중 하나를 택해야 한다면 당연히 공화당을 택하는 게 현명한 일이었다.

하지만 그러고 싶지 않다.

"괜찮겠습니까? 저자의 말대로 대선이 끝나면 그땐 정말 제대로 칼을 휘두르려고 할 것 같은데……."

워낙에 그의 옆에서 붙어 다니다 보니 필립 알퐁소마저 제법 돌아가는 정세에 훤해져서는 그 같은 걱정을 한다.

혁준이 대수롭지 않다는 듯 씨익 웃었다.

"괜찮습니다. 그동안 저도 손 놓고만 있었던 건 아니니까요. 기적이라도 일어나서 미친 전쟁광이 낙선이라도 해주면 더 바랄 나위 없는 일이겠지만 그건 이미 글러 먹은 거 같고, 까짓 힘겨루기 한번 해보죠 뭐."

일개인이 미국을 상대로 힘겨루기를 해보겠다는 것도 어처구니없는데, 저 자신감에 찬 표정이라니?

더 어이없는 것은 그런 혁준의 표정을 보고 있자니 정말로 혁준이 질 것 같은 느낌이 들지 않는다는 것이다.

아니, 오히려 그 대단한 미국이 만만하게 느껴지기까지 한다.

'대체 어떤 남자인 건지…….'

세계의 거인들을 직접 만나도 보았고 그들의 경호도 꽤 해본 그는 자신이 시대의 거인들을 보는 눈썰미가 제법 뛰어나다 자부했지만 이 눈앞의 사내만큼은 정말이지 종잡을 수가 없다.

지젠느 특경대 대장인 자신을 3개월 만에 대련에서 눌러버리질 않나 카드 한 판에 20억 불을 베팅하질 않나 미국을 상대로 힘겨루기를 해보겠다고 하질 않나…….

매번 이렇게 상식에서 벗어난 일들을 벌여대는데 종잡을 수 있다면 그게 이상한 일일 것이다.

'그게 또 묘하게 기대를 하게 만드니…….'

그런 걸 보면 이 권혁준이란 남자에게 자신마저도 빠져들고 있는 건지도 모르겠다.

아무튼 그로부터 두 달 후, 대선이 치러졌다.

민주당의 앨 고어가 예상과는 달리 엄청난 선전을 보였지만 끝내 부시를 막아내지는 못했다.

　그렇게 정권 교체가 이루어지고 20일 쯤이 지났을 때였다.

　미친 전쟁광으로부터 만나자는 연락이 왔다.

제51장
결정

GET ALL
THE WORLD

"이게… 뭡니까?"

혁준은 자신의 앞으로 내밀어진 서류 봉투를 보며 조지 워커 부시 대통령 당선자를 바라보았다.

그가 이곳 사무실로 들어서자 부시가 자신의 의자에 깊이 몸을 파묻은 채로 혁준을 거만하게 올려다보며 툭 던지듯 건네 온 서류 봉투였다.

"앞으로 기가스 컴퍼니가 기술제휴를 맺어야 할 기업들 명단이네."

"……?"

"그리고 내가 조사를 해보니 지금 기가스 컴퍼니가 기술 제휴를 맺고 있는 기업들 중에 부적절한 곳이 몇 곳 있더군. 그 명단도 포함이 되어 있네."

목소리는 담담했지만 그 어조는 이미 그 자체로 강압이었고 명령이었다.

어이가 없다.

대선이 끝나면 어떤 식으로든 제스처가 있을 거라고 생각했지만 그게 이렇게까지 직접적이고 직설적일 거라고는 전혀 생각지 못했다.

하지만 부시의 그 오만하다 못해 뻔뻔하기까지 한 요구는 그걸로 끝이 아니었다.

"그리고 기가스 컴퍼니의 기술이 접목된 우리 군의 무기들 말이야. 들어보니 기가스 컴퍼니에 따로 로열티를 지불하고 있다더군. 그것도 어마어마한 액수의⋯⋯. 우리 미국이 그동안 자네에게 베풀어준 은혜를 생각하면 그래서는 안 되는 일 아닌가? 적어도 자네가 미국 국민으로서의 자각이 있다면 말이야. 일개 무기상도 아니고, 국가의 안보를 위하는 일인데 거기서 사사로이 이득을 취하는 건 기가스 컴퍼니의 오너로써 너무 저속하지 않느냐는 말이네."

"그 말씀은 우리 기가스 컴퍼니의 군수 관련 기술을 무상으로 기증이라도 하라는 말씀입니까?"

"물론 무상은 아니네. 대신 그에 합당한 대가를 기가스 컴퍼니에 제공할 생각이네."

"합당한 대가라면요?"

혁준이 의심스러운 눈으로 부시를 보았다.

이 전쟁광의 입에서 나온 이상 '합당한' 이 일반적인 상식에서의 '합당한' 일 리가 없는 것이다.

아니나 다를까, 이어서 나온 부시의 말은 역시나 '합당한' 과는 거리가 멀었다.

"기가스 컴퍼니가 보다 세계적인 기업으로 발돋움할 수 있도록 전폭적인 지원을 약속하겠네. 워낙에 큰 사업들을 여기저기 벌려놔서 지금 자금 사정이 그리 좋지 않다고 하더군. 그래서 그 일환으로 우선 1차적으로 천오백억 불을 기가스 컴퍼니에 지원하도록 하겠네."

크게 선심이라도 쓰듯 말하는 부시다.

하지만 그건 결코 선심이 아니었다.

말이 지원이지 그건 그야말로 강제 투자였다.

아주 대놓고 '기가스 컴퍼니가 벌어들이는 수익을 같이 좀 나눠먹자' 고 하고 있는 것이다.

기가스 컴퍼니가 제 것인 양 기술제휴 기업들을 마음대로 선정해 버리는 것으로도 모자라서 군수 기술마저 무상으로 기증하라질 않나, 거기에 기가스 컴퍼니의 지분까지 요구하고 있다.

어이가 없어서 대꾸할 말도 찾을 수가 없을 지경이다.

이건 생각했던 것보다도 더 뻔뻔하고 더 무리한 요구들을 해대고 있었다.

과연 이 사람이 지금 제정신인가 싶을 정도였다.

'아니면 날 아주 개 호구로 보는 건가?'

황태자에서 결국 왕좌를 세습하고 대통령이 되었으니 세상을 다 가진 것 같을 테고, 세상 무서운 것도 없을 것이다. 그래서 세상이 온통 다 자기 발 아래로 보일 테지만 그래도 이건 정도를 넘어도 너무 넘었다.

혁준을 개 호구로 보지 않고서는 이런 말도 안 되는 요구를 해올 리가 없었다.

혁준은 문득 짐작 가는 바가 있어서 물었다.

"지원해 주신다는 그 천오백억… 그거 정부 예산에서 책정되는 겁니까?"

"정부에서 사기업에게 그런 거액을 지원한다는 것이 세상에 알려져서 좋을 건 없지."

정부 차원의 지원이 아니라 그 개인의 투자라는 말이다.

개인투자라고 해도 천오백억 불이라는 천문학적인 거액을 그 혼자서 감당할 수 있을 리가 없다.

'결국 이 모든 게 S&D펀드의 개수작이란 거지.'

이 전쟁광에게 혁준을 개호구로 인식하게 만든 것도, 그래서 이런 무리한 요구들을 하게끔 만든 것도 전부 다 S&D 펀드와 기가스 컴퍼니를 적대하는 기업들이 이 전쟁광의 눈과 귀를 막고 탐욕을 부추긴 것이 분명했다.

"만일 제가 거절을 하면 어떻게 하시겠습니까?"

"그럼 수락을 할 수밖에 없게끔 만들어야겠지."

"그래도 제가 거절을 한다면요?"

"내 듣기로 자네가 그렇게 어리석은 사람은 아니라고 들었네. 그러지 않을 거라고 믿네. 아니, 그러지 않는 것이 좋을 것이네. 내 말이 무슨 말인지 알겠나?"

알고 있다.

충분히 알아들었다.

미국 대통령 당선인의 입에서 나오는 말의 무게란 것이 얼마나 무겁고 무서운 것인지도 너무나 잘 알고 있었다.

이미 다 준비되어 있는 것이다.

그 터무니없는 제안을 혁준이 거부할 경우를 대비한, 혁준을 강제할 수 있는 수단과 방법이 이미 세워져 있는 것이다.

"말씀하신 뜻 잘 알겠습니다만… 생각할 시간이 좀 필요할 것 같습니다."

마음 같아서는 부시가 내민 서류 봉투를 그대로 그의 면상에다 던져주고 사무실을 나가 버리고 싶었지만 지금은 그렇게 감정적으로 처리할 때가 아니었다.

이제 확실해졌다.

미국은 이제 공생할 관계가 아니라는 것.

미국은 이제 창칼을 맞대고 치열하게 싸워야 하는 적이라는 것.

그렇다면 그가 가장 먼저 할 일은 적진을 벗어나는 것이다.

적진을 벗어나기 위해 시간을 벌어야 했다.

"생각할 시간? 그런 게 필요한 건가?"

"예, 그동안의 사업 방향을 완전히 뒤바꾸는 일이니만큼 여러 가지로 정리해야 할 것들이 많습니다."

"그래? 그럼 그리도록 하게. 하지만 길게는 못 기다리네. 그리고……."

"……."

"괜한 생각은 하지 마시게나. 그때는 이 나라 대통령이 과연 어디까지 할 수 있는지 알게 될 테니까 말이야."

혁준은 아무 대꾸도 하지 않았다.

입을 열면 욕부터 튀어나올 것 같아서 차마 입을 열 수조차 없었다.

그렇게 부시의 사무실을 빠져나온 혁준은 차에 오르자마

자 스마트폰을 꺼냈다.

앞자리에 필립 알퐁소가 타고 있었지만 개의치 않았다. 그도 그럴 것이 좀 얇고 작은 PMP 정도로 생각할 만큼 이미 시대가 많이 바뀌어 있었던 것이다.

그렇게 스마트폰을 꺼낸 혁준은 기가스 컴퍼니의 기사를 검색해 보았다.

하지만 볼 수 있는 건 지금 시간까지의 기사뿐이었다.

지금 시간 이후의 기사로 넘어가면,

[ERROR]

전부 에러가 떴다.

새삼스러울 것도 없었다.

그냥 혹시나 싶어 검색을 해보긴 했지만, 아직 자신이 어떤 결정을 내리지 않은 일에 대해서는 그 변수가 너무 많아서인지 검색이 되지 않았다.

결정을 내린 경우라도 자신과 밀접하게 관계가 있어서 지속적으로 변수가 발생할 수 있는 일도 검색이 되지 않는 경우가 많았다. 그건 사람도 마찬가지여서 차유경이나 바보 삼형제에 대한 기사도 번번이 [ERROR]가 떴다.

물론 그건 혁준 자신에 대한 기사 또한 마찬가지였다.

"역시 좋은 일은 아니었나 보군요."

혁준의 표정이 좋지 않자 필립 알퐁소가 조심스럽게 물어왔다.

"생각보다 훨씬 더 안 좋은 일이었죠."

혁준이 그렇게 대답하며 부시에게서 들었던 말을 전했다.

"좋지 않군요."

"그렇죠? 좋게 타협을 보긴 틀린 것 같죠?"

어지간하면 좋게 해결을 보려고 했다.

그래서 미국을 자극할 수 있는 일은 어지간하면 하지 않으려고 했다.

그렇기 때문에 그 지긋지긋한 청문회에도 꾸준히 나가고 성실하게 임했었다.

그런데 모두 괜한 짓이었다.

애당초 부시 정부는 그와 타협을 볼 생각 자체가 없었던 것이다.

"부시의 제안을 거절할 생각이십니까?"

"물론 거절할 생각입니다."

"그럼 일단 이 나라를 떠나야겠군요."

"그렇죠. 내가 거절의 뜻을 밝히는 순간 제 신변부터 확보하려고 들 테니까. 준비는 다 됐죠?"

"물론입니다. 무슈 권의 지시대로 이럴 때를 대비해서 만반의 준비를 갖추어놓았습니다. 무슈 권이 미국을 완전히 벗어날 때까지 그들은 무슈 권이 미국을 떠났다는 사실조차 모르고 있을 겁니다."

최악의 경우에 대한 모든 준비를 다 해놓은 상태였다.

경제특구와 자유무역지역을 명분으로 기가스 컴퍼니의 미국 내 기반 중 80퍼센트 정도를 한국과 프랑스로 옮겨 놓았고 그의 가족들과 바보 삼형제, 그리고 성재의 부모님도 이미 프랑스에서 보호를 받고 있었다.

미국에 남아 있는 거라고는 기껏해야 연구단지 정도이다. 외부에서 보기엔 그곳이 기가스 컴퍼니의 심장으로 보일 것이다.

그래서 부시 정부도 그걸 혁준을 압박하기 위한 중요한 볼모라고 생각하고 있을 테지만 혁준에게 그건 그저 부시측의 시선을 묶어 두기 위한 미끼에 지나지 않았다. 그 덕분에 미국을 떠날 준비를 큰 방해 없이 마칠 수가 있었던 것이다.

그러니 이젠 미국을 뜨기만 하면 된다.

"지금 바로 떠나시겠습니까?"

"예, 어차피 적이 된 마당에 미적댈 이유가 없죠."

"그럼 프랑스 대사관으로 차를 돌리겠습니다. 내일 저녁

이면 프랑스에서 가족 분들과 만나실 수 있을 겁니다."

필립 알퐁소의 말은 한 치의 어긋남도 없었다.

다음 날 저녁, 혁준은 아무 탈 없이 프랑스 파리 르부르제 공항에 도착했다.

미국의 방해는 없었다.

워낙에 비밀스럽게 펼쳐진 탈출 작전이기도 했지만 거기에는 그 전부터 협조를 구해 놓았던 전 상무부 장관 미키 캔터의 행적적인 도움도 크게 한 몫을 했다.

아무튼 그렇게 프랑스에 도착한 다음 날이었다.

아니나 다를까, 뒤늦게 혁준이 미국을 빠져나간 사실을 알게 된 부시 정부에서 그 즉시 기가스 컴퍼니에 대한 공격을 시작했다.

[부시 정부, 군사기밀 유출 혐의로 기가스 컴퍼니 본사 압수 수색]

[군검 합동 수사본부 설치. 철저한 진상 규명을 위해 군과 검찰이 긴밀히 협조할 것]

[정부, 진상이 밝혀질 때까지 추가적인 피해를 막기 위해 기

가스 컴퍼니 조지아주 연구단지 임시 폐쇄 결정]

　[기가스 컴퍼니 연구단지 430명의 연구진, 국가기밀취득음
모죄의 혐의에 따라 조지아주 영내 대기 결정]

　[미국 정부, 기가스 컴퍼니의 권혁준 대표를 비롯해 핵심 기
술진들을 보호 중인 프랑스에 깊은 유감 표명. 외교 마찰 우려]

　결국 부시 정부가 감추고 있던 한 수가 군사기밀 유출이
었다.
　어차피 정해진 수순이었다.
　그리고 이미 짐작도 하고 있었다.
　국가 반역 행위라는 것은 단지 혐의만으로도 모든 걸 강
제할 수 있는 유일무이하다시피 한 죄목이기 때문이다.
　하지만 그들의 진정한 목적은 그것이 전부가 아니었다.
　부시 정부가 그 뻔뻔하고 알차게 개념 없는 야욕을 드러
낸 것은 그로부터 4개월 후의 일이었다.

제52장

서열 정리

혁준과 바보 삼형제, 그리고 한창희 부부는 한국은 안전
하지 않다는 판단에 차유경까지 불러들여 모두 혁준의 부모
님 댁에 머물렀다.

그리고 그 사이 상황은 점점 더 긴박하게 돌아가고 있었
다.

미국의 프랑스에 대한 유감 표명은 점점 강도를 더했고,
프랑스도 이에 반발하여 무고한 기업인에게 국가 반역죄를
덮어씌우는 것은 명백한 정치 보복 행위라며 한 치의 물러
섬도 없이 맞섰다.

거기다 프랑스의 유럽 내 영향력이 힘을 발휘한 건지, 아니면 그저 뻔히 눈에 보이는 미국의 뻔뻔한 작태가 공분을 산건지 고맙게도 독일과 이탈리아, 스페인까지도 혁준을 두둔하고 나섰다.

군검 합동 수사본부가 출범한 지 4개월이 넘어가도록 이렇다 할 증거를 발견하지 못하고 시간만 끌고 있으니 처음엔 혁준과 기가스 컴퍼니에 대해 배신자니 반역자니 하며 들끓던 미국 내 여론도 차츰 의혹을 품기 시작하며 상황이 지금까지와는 조금은 다른 방향으로 흘러가기 시작했다.

부시 행정부가, 그리고 그 뒤에 버티고 있는 S&D펀드가 진정으로 노리고 있는 것이 무엇인지 혁준이 알게 된 것은 바로 그 무렵이었다.

"쭌이 형님! 이것 봐요! 이 특허들, 우리가 만들고 있던 기술이잖아요?"

진석이 호들갑을 떨며 혁준의 방으로 달려들어 왔다.

그런 진석이 혁준에게 내민 것은 어느 과학기술지였다.

그리고 진석이 펼쳐 보인 페이지에는 미국의 엑센듀얼에서 가출원을 낸 PDP 핵심 기술인 패널 및 구동 회로에 관련된 특허기술이 소개되어 있었다.

"이거 우리가 만들던 거 맞죠?"

맞다.

조지아주 연구단지에서 거의 완성 단계에 있던 기술이었다.

"쭌이 형님. 이거 우리 거 도둑질해 간 거 맞죠?"

그 또한 맞다.

그게 아니라면 5년 후에나 선보일 기술이 이렇게 빨리 개발이 되었을 리가 없다.

'가만… 엑센듀얼이라고 하면 분명…….'

지난번 부시에게서 받았던 기술제휴 기업 명단에 올라 있던 기업이었다.

"근데 이것뿐만이 아니에요. 여기도 보세요. 이것도 우리 기술이잖아요?"

진석이 과학기술지의 다음 페이지를 넘겼다.

거기에 있는 모바일 무선충전기술도 분명 연구단지에서 개발이 완료되어 특허출원 신청을 앞두고 있던 것이었다.

그리고 거기에 적힌 기업의 이름 또한 기술제휴 명단에 있던 기업이었다.

"그러니까 미국이 연구 단지를 압수 수색하고 그런 거, 그리고 연구진들 구속하고 그런 거 그거 이러려고 그런 거 맞죠? 우리 기술 훔쳐 갈려고… 훔쳐다가 자기 거로 만들려고. 맞죠?"

"그래, 맞아. 이러려고 그런 거야."

하지만 혁준은 놀라지 않았다.

이미 알고 있었다.

저들이 이렇게 나오리란 것은 물론이고 연구단지에서 개발 중이던 천이백 종의 특허기술이 어떤 모습으로 변형되어 어떤 회사에서 나오게 되는지 까지도 이미 스마트폰으로 모두 검색을 해둔 상태였다.

그러니 놀랍지도 않았고 당황스럽지도 않았다.

"소송해요! 이거 완전 도둑질이잖아요? 우리한테 엄한 누명이나 씌우고, 그래놓고 우리가 없는 사이 우리 걸 지들 마음대로 도둑질한 거잖아요? 우리 소송해 버려요!"

진석이 분통을 터뜨렸다.

하지만 그렇게 간단히 해결될 일이 아니었다.

부시 정부와 재계의 거대 기업들이 아주 작정하고 벌인 일이었다.

어쩌면 처음부터 그들이 노린 것은 혁준이 아니라 연구단지가 아니었을까 생각될 정도로 모든 과정이 일사천리로 진행되었다.

어쩌면 그들은 황금알을 낳는 거위를 혁준이 아니라 연구단지의 연구진이라 생각했을지도 몰랐다. 3만 7천 개나 되는 특허의 개발에 참여하며 노하우를 습득한 연구진들이라면, 그 연구진들만 부릴 수 있다면 기가스 컴퍼니와의 기술제휴에 목을 맬 필요 없이 그들 스스로 기술의 주인이 될 수 있다, 그렇게 판단을 내렸을 수도 있다.

아마도 그들은 그들 기업의 사활을 이 도둑질 한판에 걸었을 것이다.

더구나 그들 뒤에는 부시 정부가 있었다.

간단히 소송으로 해결될 만큼 그렇게 일을 허술하게 처리했을 리가 없는 것이다.

'기가스 컴퍼니와 관련된 증거는 이미 모두 소각시켰겠지. 철저한 회피 설계로 소송에 대한 대비도 이중 삼중으로 완벽히 끝냈을 것이고.'

물론 그래 봤자다.

혁준의 눈에는 욕심에 눈이 먼 멍청이들의 가소로운 짓거리로 밖에는 보이지 않았다.

부시 패거리야 430명이나 되는 연구진이라면 혁준과 바보 삼형제가 없어도 충분히 그 자리를 메울 수 있을 거라 생각했을 테지만 430명 아니라 4,300명이라고 해도 혁준과 바보 삼형제의 자리를 메우기에는 턱없이 역부족이었다.

이제 곧 깨닫게 될 것이다.

자신들이 얼마나 멍청한 짓을 했는지.

황금알을 낳는 거위의 배를 가른 대가가 어떤 것인지를.

그리해 얻은 1,200개의 기술이 얼마나 부질없는 것인지를 이제 곧 뼈저리게 느끼게 될 것이다.

혁준은 기다렸다는 듯이 지크 사라크 프랑스 대통령에게 전화를 넣었다.

"무슈 권. 무슨 일이십니까?"

"전에 말씀드렸던 것 말입니다."

"전에 말씀하신 거라면 자유무역지역의 중앙 연구단지 말입니까?"

"예."

"그거라면 이미 다 준비를 마쳤습니다. 거기에 들어갈 1,500명의 연구진과 필요한 제반 설비들까지, 무슈 권이 원하신다면 지금 당장에라도 가동이 가능합니다. 중앙 연구단지를 발족하실 생각이십니까?"

"예. 아직 자유무역지역이 완성된 것은 아니지만 일단 기술 개발부터 시작하려구요. 1차로 1,200개 정도? 동시에 기술 무역에 필요한 지사도 설립할 거구요."

"그 말씀은……."

"그러니까 이번에 개발에 들어가는 1,200개의 특허기술 모두를 가장 먼저 자유무역지역을 통해서 선보이게 될 거라는 말씀입니다."

"정말입니까!"

수화기 너머로 지크 사라크의 흥분한 목소리가 들려왔다.

왜 안 그렇겠는가?

기가스 컴퍼니의 선진기술 1,200개를 한꺼번에 자유무역
지역에서 선보이게 된다면 그 홍보 효과는 돈으로 환산할
수 없을 만큼 어마어마한 것이었다.

아직 출범도 하지 않은 자유무역지역이 단숨에 프랑스,
아니, 유럽 경제의 총아로 급부상할 수도 있었다.

"당장 내일부터라도 시작했으면 하는데 가능하겠습니
까?"

"물론입니다. 기술 개발에 차질이 없도록 준비시키겠습
니다."

어찌나 흥분했는지 대통령으로서의 체통도 잊은 채 들뜬
목소리로 마치 비서처럼 대답을 하는 지크 사라크다.

아무튼 그렇게 지크 사라크와 통화를 마친 혁준은 바보
삼형제를 자신의 방으로 불러 모았다.

셋 모두가 방 안으로 모이자 혁준이 조금은 짓궂은 표정
을 하고는 물었다.

"그동안 푹 쉬었지?"

"……."

혁준의 표정이 왠지 불안했던지 선뜻 대답을 못하는 바보
삼형제다.

혁준이 다시 물었다.

"그동안 푹 쉬었으니까 이제 일 좀 해야지?"

"…일이요?"

"당장 내일부터 빡시게 달릴 거니까 각오해 둬. 전쟁을 치르자면 무엇보다 총알이 충분해야 하니까."

"전쟁이라뇨? 어디 전쟁 났어요? 결국 미국에서 전쟁이라도 걸어온 거예요?"

"전쟁을 걸어온 게 아니라 내가 전쟁을 걸 거야."

"그게 무슨 말이에요?"

"생각해 보니까 지금 우리가 프랑스에서 이렇게 유배 아닌 유배 생활을 하고 있는 건 기본적으로 서열 정리가 제대로 되지 않아서더라고. 부시 패거리가 남의 밥그릇에 침이나 흘려대는 것도 그 때문이고. 호랑이가 둘인데 산이 하나밖에 없다면 서열이라도 확실하게 정해야 분란이 안 생기는 법인데, 그동안 빚진 마음에 내가 너무 오냐오냐 해줬던 거지. 그래서……."

순간, 바보 삼형제들이 움찔한다.

그들의 얼굴을 쓰윽 훑어가는 혁준의 눈빛이 평소와는 다르게 어딘지 결연하고 냉정해 보였기 때문이었다.

그런 분위기 속에서 혁준이 씹어뱉듯 말을 이었다.

"그래서 이참에 서열 정리 좀 해두려고. 확실하고 철저하게. 아니, 단순하고 무식하게."

*　　　*　　　*

혁준이 그렇게 미국과의 전쟁을 결심하고 한창 전쟁 준비에 박차를 가하고 있을 때였다.

혁준에게 그렇게 극단적인 선택을 하도록 만든 부시 패거리는 기가스 컴퍼니의 기술을 도둑질하고도 정작 그것을 제대로 활용하지 못해 애를 먹고 있었다.

"고작 60명밖에 안 된다고?"

부시가 S&D펀드의 사무엘 미추를 보며 눈살을 찌푸렸다.

벌써 6개월이 넘었는데도 기가스 컴퍼니 연구단지의 430명 연구원 중 지금까지 회유가 된 사람이 고작 60명밖에 안 된다는 보고를 받은 것이다.

"대체 뭐가 문제인 거야?"

기가스 컴퍼니보다 훨씬 더 좋은 조건을 제시하기도 했고 국가 반역죄를 들먹이며 협박을 해보기도 했다.

그런데도 아직 연구원들 대부분이 기가스 컴퍼니를 떠나지 않겠다며 고집을 부리고 있었다.

"대체 기가스 컴퍼니에서 뭘 어떻게 해줬기에 겨우 학자 나부랭이들이 저렇게 충성을 하느냔 말이야!"

충성이 아니었다.

의리도 아니었다.

그들이 기가스 컴퍼니를 버리지 않는 것은 실리를 추구하는 사람에게도, 이상을 추구하는 사람에게도 기가스 컴퍼니 말고는 다른 대안이 없었기 때문이었다.

기가스 컴퍼니를 떠나는 순간 그들의 커리어가 그것으로 끝이 난다는 걸 그들 스스로가 더 잘 알고 있었다.

부시 패거리들은 좋은 조건을 제시하며 그들에게 기가스 컴퍼니에서 쌓은 기술과 노하우를 원하고 있지만, 정작 바보 삼형제가 주는 원천 기술에서 뼈와 살만 붙여온 그들에겐 부시 패거리들을 충족시켜줄 만큼의 기술과 노하우가 없다.

지금이야 혀에 꿀이라도 바른 듯이 굴지만 그들이 쓸모가 없다는 걸 알게 되고 나서도 과연 부시 패거리가 자신들을 계속 품어줄까?

아무리 연구밖에 모르는 순진하고 순박한 연구원들이라 지만 부시 패거리에게 그런 의리를 기대할 만큼 어리석지는 않았다.

게다가 기가스 컴퍼니에서 접하는 그 놀랍고도 경이적인 선진 기술들은 그들에겐 그야말로 마약과도 같은 것이었다.

아니 거기서 보고 듣고 접하게 되는 그 기술들로 인해 느끼는 지식욕의 충족은 그 어떤 마약보다도 강렬한 카타르시

스로 그들을 중독시켜 놓았다.

그렇게 중독되어 버린 그들로서는 그 선진 기술에 대한 갈증으로 기가스 컴퍼니를 떠날 엄두조차도 낼 수가 없는 것이다.

그 바람에 부시 패거리는 새 기술을 만들어내기는커녕 훔쳐낸 1,200개의 기술마저도 실용화하는데 상당히 애를 먹고 있었다.

1년에 7, 8천 개씩 쏟아내던 기가스 컴퍼니의 연구진이 6개월이 지난 지금까지 실용화를 마친 게 고작 70개뿐이었다.

시간이 곧 생명인 것이 특허 기술인데 이런 추세라면 새 기술 개발은 고사하고 훔친 1,200개의 기술마저도 태반은 써먹지도 못하고 버리게 될지도 몰랐다.

부시가 사무엘 미추를 사납게 노려보며 추궁하듯 말했다.

"당신이 나한테 그랬지? 연구진만 확보하고 거기에 정부 차원에서의 전폭적인 지원만 받쳐주면 1년에 7, 8천 개의 특허 출원이 충분히 가능하다고. 그러니 충분히 기가스 컴퍼니를 대체할 수 있을 거라고. 연구진을 잃은 기가스 컴퍼니는 당연히 지금과 같은 성적을 올리지 못할 테고 그렇게 되면 일개 기업에게 넘어갔던 세계경제의 주도권을 다시 미국이 가져올 수 있을 거라고. 그런데 이게 대체 뭐냔 말이야! 밥을 떠 먹여줘도 못 먹을 거면 아예 밥 타령을 말았어야 할 거 아냐!"

부시의 추상과도 같은 추궁에 사무엘 미추가 땀을 뻘뻘 흘렸다.

그러는 중에 변명을 한답시고 하는데,

"연구원들을 지금보다 더 강하게 압박하면……."

하지만 그 변명이 급기야 그의 이마에 재떨이를 불렀다.

쾅!

"으억!"

사무엘 미추가 이마를 감싸 쥐며 고통에 찬 비명을 토했다.

부시가 결국 참지 못하고 재떨이를 집어 사무엘 미추의 이마에 던져 버린 것이다.

그래도 성이 안 풀리는지 버럭 언성을 높였다.

"아시아는 물론이고 프랑스, 독일, 이탈리아까지 전 유럽이 지금 우리 미국을 지켜보고 있는데 여기서 뭘 더 강압적으로 하라는 거야! 그렇잖아도 날 마피아 보스쯤으로 보고 있는 놈들인데 당신은 날 대체 어디까지 떨어뜨려야 직성이 풀릴 거냐고!"

게다가 회유된 연구원들의 말에 따르면, 430명 연구원이

죄다 넘어온다고 해도 이진석과 신용운, 그들이 없으면 절
대로 기가스 컴퍼니와 같은 실적은 올릴 수 없을 거라고 했
다.

아무리 기가스 컴퍼니의 보안이 철저했다고 해도 그렇지,
그런 것 하나 제대로 파악하지 못한 채 개인적인 원한과 욕
심에 눈이 뒤집혀서 무턱대고 급하게 일을 추진한 사무엘
미추가 죽이고 싶을 정도로 짜증이 났고 사무엘 미추의 감
언이설에 넘어가서 성급한 결정을 내린 스스로에게도 화가
났다.

"돈이든 지위든 뭐든 그들이 원하는 건 다 들어줘서라도
일단 연구원들 마음부터 돌려놔!"

"하지만 지금 제시한 것만으로도 이미 상당히 무리
한······."

"그럼 당신 사비라도 털어! 명심해! 기가스 컴퍼니를 쫓
아낸 게 결과적으로 손해가 된다면 그 손해 금액은 당신이
다 토해내야 할 거야!"

그렇게 한바탕 화풀이를 했지만 답답한 속은 좀처럼 풀리
지가 않았다.

그도 그럴 것이, 사무엘 미추에게 다 토해내라고 했지만
애당초 개인이 책임질 수 있는 수준의 것이 아니었다.

기가스 컴퍼니를 그렇게 내쫓은 지 불과 6개월밖에 되지

않았다.

그런데도 벌써 미국 경제가 휘청거리고 있었다.

이제 막 새 정부가 시작되었건만 벌써부터 재정 마련에 어려움을 겪고 있을 정도였다.

기가스 컴퍼니의 영향력이 어떠했는지 이제야 알았다.

그의 측근들이, 그를 후원하는 기업들이, 그리고 지금 자신의 앞에 서서 자신이 던진 재떨이에 맞아 피범벅이 된 얼굴을 하고 있는 사무엘 미추가 그동안 기가스 컴퍼니에 대해 얼마나 낮추고 숨기고 비하해 댔는지도 알았다.

그런 간언에 속아서 자신이 얼마나 멍청한 짓을 했는지도 뼈저리게 깨닫는 중이다.

하지만 후회해 봐야 이미 늦었다.

그리고 지금은 후회나 하고 있을 때가 아니었다.

어떻게 하든 손해를 메워야 했다.

언제까지 국가 반역죄의 혐의로 조사만 하고 있을 수는 없는 일이었다. 유럽 국가들의 비난 여론에 더해서 미국 내여론도 점점 더 안 좋은 방향으로 흘러가고 있었다.

아직은 가시적으로 드러나지 않고 있지만 기가스 컴퍼니의 빈자리도 점점 더 커지고 뚜렷해질 거라는 우려의 목소리도 나오고 있었다.

심지어는 당장 내년만 되어도 실업률이 급격히 상승할 거라는 전망마저 나오고 있는 실정이었다.

어떻게든 여론의 관심을 다른 곳으로 돌려야 했다.

기가스 컴퍼니로 인해 손해 난 부분도 메워야 했다.

하지만 지금으로서는 방법이 없었다.

'전쟁이라도 벌이지 않는 다음에야…….'

심지어 그런 극단적인 생각까지 하게 된다.

그런데 그때였다.

그의 비서관이 황급히 소식 하나를 알려왔다.

"기가스 컴퍼니에서 오늘 날짜로 1,200개의 신기술에 대해 특허 가출원 신청을 냈다고 합니다."

"뭐?"

어리둥절할 수밖에 없었다.

그건 사무엘 미추 또한 마찬가지였다.

1,200개의 신기술이라니?

미국에서 쫓겨난 지 이제 반년이다.

거기다 연구진들은 모두다 미국에 억류가 되어 있는 상태였다.

그런데 대체 무슨 수로 그 사이 1,200개나 되는 신기술을 개발했다는 말인가?

믿기지 않았다.

믿을 수 없었다.

하지만 이어진 비서관의 말은 그들을 더욱 당혹스럽게 만들었다.

"그런데 그 1,200개의 신기술이 조지아주 연구단지에서 개발 중이던 1,200개의 기술과 상당히 유사합니다. 아니, 유사한 정도가 아니라 전문가들의 말로는 이건 그냥… 더 상위의 진화된 기술이라고 하는데……."

더 상위의 진화된 기술이라니?

그 말인즉슨, 기가스 컴퍼니를 몰아내고 독점한 1,200개의 기술이 모조리 쓸모가 없게 되었다는 것이었다.

"그게… 그게 가능한 일인 거야?"

"프랑스에서 연구진과 연구소, 각종 시설이나 편의까지 필요한 모든 지원을 아끼지 않았다고 합니다."

"아무리 그래도 그렇지……."

수년간 손발을 맞춰 온 연구진도 아닌데 어떻게 이 짧은 시간에 그 많은 특허 기술을 만들어낼 수 있단 말인가?

마치 귀신에라도 홀린 듯한 기분이었다.

기술이니 개발이니 그런 것에는 문외한이나 다를 바가 없는 그들이지만 적어도 지금의 상황이 현실적으로 불가능한 일이라는 것 정도는 알고 있었다.

이런 불가능한 일을 가능하게 만들어 버리는 권혁준이란 인간이 새삼 궁금하기도 하고 두렵기도 했다.

'뭔가 액션이 있을 줄은 알았지만……'

언제고 미국을 향해 칼을 뽑아들 거라 짐작은 했다.

그러나 '그래 봤자 제깟 게 감히 미국을 상대로 뭘 할 수 있겠어?'라며 안일하게 생각했었다.

이런 식의 파격일 줄은 상상도 못한 것이다.

'이거야 원, 손발을 잘라 놓으니 로보캅이 되어 나타난 격이잖은가?'

하지만 그건 시작에 불과했다.

미국을 향해 칼을 뽑아든 혁준의 공격이 본격적으로 시작된 것은 그로부터 정확히 한 달 후에 발표된 '제1회 기가스 컴퍼니 기술 박람회'에서였다.

* * *

프랑스 부르고뉴의 자유무역지역에서 개최된 제1회 기가스 컴퍼니 기술 박람회에는 일개 기업의 기술 박람회라고는 상상도 못할 규모로 치러지고 있었다.

박람회 기간이 절반도 채 소화가 되지 않았는데 벌써 누적 방문객 수가 1,800만 명을 넘었고 그중 기술 쇼핑을 목적으로 온 기업의 수는 72개국 1만 7천 개에 달했다.

그건 기술 박람회를 계획한 혁준은 물론이고 세부적인 계획을 짰던 차유경마저도 예상하지 못한 반응이었고 인기였다.

그리고 오늘부터였다.

오늘부터 기술 세일즈의 시작이었다.

이를 위해 지금 혁준은 여느 때와 달리 정장을 말끔하게 차려 입고 대강당으로 향하고 있었다.

"이럴 줄 알았으면 천오백 명 아니라 한 오천 명 정도는 수용할 수 있는 장소를 구할 걸 그랬네요. 내가 앵무새도 아니고, 같은 말을 대체 몇 번을 하는 건지……."

혁준이 대강당으로 향하며 그렇게 투덜거리자 차유경이 살포시 웃으며 핀잔을 줬다.

"세계를 움직이는 일인데, 그럼 그 정도 고생도 안 하려고 했어요? 게다가 어차피 길게 끌 것도 아니잖아요. '용건만 간단히'가 대표님 모토 아닌가요?"

"뭐, 그렇긴 하죠. 그래도 귀찮은 건 귀찮은 거니까. 그러지 말고 차라리 그냥 녹음기를 틀까요?"

"그게 귀찮으면 차라리 계약서도 이메일로 받지 그래요?"

"음… 그럴까?"

차유경이 농담처럼 던진 말에 혁준이 사뭇 진지하게 눈을 빛내자 차유경이 졌다는 듯 한숨을 푹 내쉬고는 고개를 잘

래잘래 저었다.

물론 혁준도 농담이었다.

그 정도로 개념이 없지는 않았다.

살짝, 아주 살짝 구미가 당기기는 했지만 말이다.

그렇게 농담을 주고받는 사이 대강당에 도착했다.

"후우……."

안에서 들려오는 조금은 소란스러운 잡음들을 들으며, 길게 호흡을 가다듬은 혁준이 대강당의 문을 열었다.

그와 동시에 순간 소란스럽던 대강당 안이 삽시간에 정적으로 무겁게 가라앉았다.

그러한 정적 속에서 천오백 명, 3천 개의 눈이 일제히 혁준을 향했다.

딱히 선별을 한 것은 아니었다.

어디까지나 선착순이었다.

기술제휴를 신청한 회사들을 신청 순서대로 천오백 명씩 잘랐고 하루에 두 차례씩 천오백 개의 회사와 기술제휴를 순차적으로 해나갈 계획이었다.

물론 이곳에 모인 모두와 기술제휴를 하는 것은 아니었다.

그에 맞는 조건이 있었다.

혁준이 이 자리에 선 것은 바로 그 조건을 말하고자 함이었다.

그렇게 대강당의 상단 중앙에 자리를 잡은 혁준은 한 번 더 호흡을 가다듬은 후 또랑또랑한 목소리로 입을 열었다.

"여러분들이 필요로 하는 기술은 이미 기술 광장에서 충분히 소개가 되었다고 생각합니다. 기술제휴에 따른 로열티도 이미 나눠드린 자료에 상세히 적어 놓았습니다. 심사숙고해서 정한 것 합리적인 수준이기에 협상은 없습니다. 그럼에도 제가 여러분들을 이렇게 따로 모신 것은 계약서에 추가할 새로운 조항 하나를 말씀드리기 위해서입니다.

"새로운 조항이란 게 뭡니까? 그 조항만 지키면 그럼 아무나 다 기가스 컴퍼니와 기술제휴를 맺을 수 있는 겁니까?"

"예, 그동안 저희 기가스 컴퍼니는 기술제휴를 맺음에 있어 상당히 까다로운 조건으로 대상기업들을 선정해 왔습니다만 앞으로는 그 같은 선별 과정 없이 원하는 기업들에 기술을 제공할 계획입니다. 대신 딱 하나의 약속만 받겠습니다."

혁준의 말에 여기저기서 웅성임이 일었다.

혁준의 말대로 지금까지 기가스 컴퍼니의 기술제휴는 거의 각 나라를 대표하는 소수의 기업들하고만 맺었었다.

그래서 사실상 별로 기대도 않고 있었다.

그런데 별다른 조건 없이 약속하나만 하면 된다고 하니 귀가 번쩍 뜨이는 거야 당연했다.

"그 약속이라는 게 뭡니까?"

지금까지와는 사뭇 다른 눈빛들로 혁준을 본다.

혁준은 그런 시선들 속에서 격앙된 목소리로 입을 열었다.

"기가스 컴퍼니가 미국 정부로부터 부당한 대우를 받고 있다는 것은 모두 아실 겁니다. 아무 죄 없는 우리 연구원들이 억류를 당해 있고 기술은 강탈당했으며 억울한 누명까지 쓴 채 저는 이렇게 도망치듯 쫓겨나야 했습니다. 저는 제 기술이 그런 무도한 나라에서 쓰이는 걸 원치 않습니다. 기가스 컴퍼니의 기술이 들어간 제품이 미국에서 판매되는 것 또한 원하지 않습니다. 미국을 버리십시오. 적어도 기가스 컴퍼니의 기술로 미국에서 돈을 벌 생각은 하지 마십시오. 여러분들은 그 약속만 지켜주시면 됩니다. 이 자리를 빌려 분명히 말씀드리겠습니다. 앞으로 미국은 저희 기가스 컴퍼니의 기술을, 그리고 그 기술이 들어간 제품을 그 어떤 것도 사용할 수 없게 될 것입니다!"

대강당 안이 그 순간 찬물을 끼얹기라도 한 것처럼 싸늘하게 얼어붙었다.

혁준의 말은 충격적이다 못해 경악스러울 정도였다.

그도 그럴 것이, 기가스 컴퍼니가 가진 기술력은 현대 사회의 기술을 급속도로 선진화시키고 있는 중이었다. 혁신이라 일컫는 모든 제품에는 기가스 컴퍼니의 기술이 들어가 있었다.

아니, 기가스 컴퍼니가 이룩한 기술 세계는 이미 그 자체로 새로운 문명이었다.

그런데 그걸 사용하지 못하게 만들겠다는 건 정치, 경제, 군사 모든 면에서 세계 최강대국인 미국을 아예 문명 후진국으로 만들겠다는 선전포고나 다름없었던 것이다.

*　　　*　　　*

대강당에 모인 기업인들 중 혁준의 요구를 거부할 사람은 아무도 없었다.

아무리 미국 시장이 크다고 해도, 그 큰 시장을 버려야 하는 것이 아무리 아깝다고 해도, 혁준의 기술을 얻지 못했을 때에 잃게 될 것에 비하면 아무것도 아니었다.

아니, 기가스 컴퍼니의 기술 없이는 어차피 미국 시장이 자신들에게 문을 열어줄 리도 없다.

어차피 선택의 여지가 없는 일, 대강당에 모인 1,500개의 기업들은 단 하나도 예외 없이 혁준이 제시한 그대로 계약을 맺었다.

그건 다음 차례의 기업들도, 또 그 다음 차례의 기업들도 마찬가지였다.

그 소식은 곧 바로 미국에도 전해졌다.

그도 그럴 것이, 말 그대로 미국을 향한 선전포고였다.

숨길 이유도 없었고 그럴 의도도 없었다.

오히려 인터뷰를 통해 전 세계에 당당히 자신의 소신을 밝혔다.

"미국은 세계 최강대국입니다. 하지만 단지 강하다는 것이 면죄부가 되는 세상이 아닙니다. 부시 정부가 원한 것은 제가 그들 앞에 무릎을 꿇고 충실히 그들의 돈줄이 되어주는 것이었습니다. 물론 저는 거절했습니다. 그리고 그 대가로 다들 아시다시피 제 연구원들이 억울한 누명을 쓰고 고초를 당했고 피땀 흘려 개발한 기술들은 백주대낮에 도둑질을 당했죠. 저는 부시 정부가 행한 그 간의 어처구니없는 행태를 결코 묵과하지 않을 것입니다. 부시 정부가 야비한 권력으로 제게 총부리를 겨눴다면 저는 제가 가진 기술로 그 부당한 탄압에 당당히 맞설 것입니다."

당연히 미국이 시끄러워진 것은 말할 것도 없다.

감히 미국을 상대로 도발을 해온 것에 대해 무작정 분노하고 비난하는 목소리와 과연 정말로 미국 정부가 기가스 컴퍼니에 부당한 짓을 한 건지 의심을 품고 진실 규명부터 해야 한다는 목소리가 충돌했다.

기가스 컴퍼니의 기술이란 것이 어떤 것들이 있으며 그것이 그들의 생활에 얼마만큼의 영향을 미치는지 잘 몰라서 그저 무사태평인 사람들이 있는가 하면, 사태의 심각성을 일찍 깨닫고 걱정과 우려를 표하는 사람들도 있었다.

그러한 분위기는 그대로 미 의회로 옮겨졌다.

"경제 대공황 이후로 최대의 경제 위기가 도래할지도 모릅니다. 이 사태에 대한 책임은 분명히 물어야 할 것입니다!"

민주당의 거두인 상원의원 존 케리를 필두로 부시 정부와 공화당을 향해 날 선 공격을 퍼부었고,

"미국은 결코 이 정도에 흔들리지 않습니다! 이렇게 국론이 분열되는 것이야말로 미국을 적대하는 세력이 진정으로 바라는 것이란 말입니다!"

공화당에선 불순한 세력에 부화뇌동해서 국론을 분열시키자 말라며 민주당을 질타했다.

싸움은 기가스 컴퍼니에서 걸어왔는데 아이러니하게도 미국이 싸우고 있는 것은 기가스 컴퍼니가 아니라 같은 미국인이었던 것이다.

그것도 한시가 급한 중에.

무슨 수를 써서라도 사태 수습을 우선으로 해야 하는 이 절박한 시점에 말이다.

물론 모든 미국인들이 다 그렇게 싸우고만 있었던 것은 아니었다.

혁준의 선전포고에 가장 직접적으로 영향을 받을 수밖에 없는 미국의 기업인들은 사태의 심각성을 인지하고는 때로는 개인이 또 때로는 단체로 프랑스까지 혁준을 찾아갔다.

하지만 그들은 혁준의 코빼기도 보지 못했다.

혁준이 모든 면담을 거부해 버렸기 때문이었다.

심지어 급한 마음에 혁준이 사는 집까지 찾아갔지만, 혁준과 안면이 있는 기업인들조차 혁준의 결심이 확고하다는 것만 한 번 더 확인한 채로 문전박대를 당해야 했다.

절망스러운 상황이었다.

그들이 할 수 있는 것은 미국으로 돌아가 이 모든 일의 원인인 부시 행정부를 상대로 명확하고 신속한 대처를 촉구하는 것뿐이었다.

그런 기업인들에 동조하여 각계각층의 인사들이 더욱 크게 우려의 목소리를 냈지만 정작 부시 행정부는 그 어떠한 해결책도 내놓지 못한 채 아무 문제없다는 말만 앵무새처럼 떠들어대고 있었다.

물론 그렇다고 부시가 사태의 심각성을 제대로 인식하지

못하고 있는 것은 아니었다. 지금만 해도 해결 방안을 모색하기 위해 관계 부처의 책임자들을 모아 긴급회의를 열고 있었다.

*　　　*　　　*

"상황이 좋지 못합니다."

미키 캔터를 대신해 새로이 상무부 장관이 된 카를로스 구테에레즈가 심각한 얼굴을 하고는 그렇게 말했다.

"최악의 경우 민주당의 말대로 제2차 경제대공황이 올 수도 있습니다."

구테에레즈의 말은 과장이 아니었다.

그 정도로 심각한 상황이었다.

"그래서?"

그렇게 반문하는 부시의 목소리에는 짜증이 물씬 묻어나고 있었다.

상황이 안 좋다, 문제가 심각하다, 위험하다 등등. 한다는 말이 하나같이 똑같다.

"그래서 어쩌자는 건가? 해결 방안을 내놓아 보라고, 해결 방안을! 내가 당신들을 부른 건 상황 보고나 듣겠다는 게 아니잖아?"

"가장 간단하고 확실한 방법은 권혁준 그자의 마음을 돌리는 것입니다."

"뭘 어떻게? 사과라도 해? 자존심 버리고 머리라도 조아려?"

"그건 안 됩니다!"

부시의 말에 포터 테닛 CIA 국장이 불쑥 끼어들었다.

"어떻게 미합중국 대통령께서 한낱 동양인 따위에게 머리를 숙인단 말입니까! 그건 절대로 있을 수 없는 일입니다!"

포터 테닛은 부시의 부친이자 전직 대통령인 조지 허버트 워커 부시가 CIA 국장으로 있을 때부터 그들 부자를 모셔온, 오직 충성심 하나로 그 자리에 오른 인물이었다.

그런 만큼 우직하고 단순한 면이 있지만 그래도 CIA에서 잔뼈가 굵은 탓에 그쪽 방면에선 상당한 경력을 가진 베테랑이었다.

"결국 이 모든 게 그 동양인으로 인해 생겨난 일이 아닙니까? 제게 맡겨주십시오. 제가 해결하겠습니다!"

포터 테닛의 말을 알아듣지 못할 사람은 이 자리에 아무도 없었다.

또한 포터 테닛이 생각하고 있는 방법이 어쩌면 가장 간단하면서도 유일한 해결책일 수도 있었다.

그의 말대로 미합중국 대통령이 일개 기업인에게 머리를 숙일 수는 없는 일이었다. 머리를 숙인다고 해서 해결될 거란 보장도 없었다. 무엇보다 사과를 하려면 먼저 부시 행정부가 저지른 죄에 대한 시인부터 해야 했다.

그 일을 시인한다면 그때는 미국 국민들이 현 행정부를 외면하게 될 것은 불을 보듯 뻔한 일이었다.

모르긴 몰라도 클린턴 전 대통령의 성 스캔들과는 차원이 다른 비난과 탄핵 여론에 부딪히게 될 것이다.

그럴 바에는 차라리 포터 테닛의 말대로 극단적인 방법이 현 상황에서 가장 현명한 선택일 수도 있었다.

짧은 순간 회의실 안에 묘한 정적이 흘렀다.

차마 입 밖으로 내뱉진 못했지만 거기에는 묵인과 방조가 면면히 흐르고 있었다.

그때,

"엉뚱한 생각 말아!"

부시가 정적을 깨뜨리며 묘한 분위기에 찬물을 끼얹었다.

사실 이 자리의 그 어느 누구보다도 포터 테닛의 방법을 선호하는 게 그였다. 하지만 지금은 타이밍이 너무 안 좋았다.

이미 프랑스에서는 지젠느의 특경대뿐만 아니라 국가헌

병대까지 동원해서 이중 삼중의 철통 경호를 하고 있었다.

그 철통 경호를 뚫고 일을 성공하는 건 사실상 불가능하다고 봐야 했다. 게다가 혹시 성공을 한다고 해도, 혁준 하나를 어떻게 한다고 해서 상황이 달라지리란 보장이 없었다. 다른 누군가가 혁준의 뒤를 이을 것이고 그 다른 누군가가 사라지면 또 다른 누군가가 혁준의 유지를 받들 것이다.

그래서는 아무것도 달라지는 것이 없다.

더구나 혁준이 아예 대놓고 미국을 향해 선전포고를 하는 바람에 세상의 이목이 온통 미국과 혁준의 전쟁에 집중되어 있는 시점이었다.

그런 상황에서 그런 불상사가 발생한다면 오히려 상황만 더 악화될 뿐이었다.

결국 회의는 다시 원점으로 돌아갔다.

원점으로 돌아가서도 답은 여전히 나오지 않았고 그 후로도 몇 번이나 회의가 더 열렸지만 언제나 아무 소득 없는 결론만 도출될 뿐이었다.

그 사이 부시 행정부가 불안해하는 국민에게 한 일이라고는 그저 부인하고 거부하고 음모론을 내세워 기가스 컴퍼니를 비난하는 것뿐이었다.

그렇게 버텼다.

어떻게든 그렇게 버티면서 해법을 찾아보고자 했다.

하지만 시간은 그들이 어떤 특별한 해법을 찾도록 기다려주지 않았다.

기가스 컴퍼니와 기술제휴를 맺은 기업들이 서로 경쟁하다시피하며 신제품을 앞다투어 발표하자 우려했던 일이 그대로 현실이 되어 나타나기 시작한 것이다.

기가스 컴퍼니의 기술이 접목된 제품은 미국 기업들이 생산하고 있던 기존의 제품들과는 비교도 안 되는 것들이었다.

스마트폰, 태블릿PC, TV, 모니터, 모니터, 냉장고 등등…….

혁준이 아주 작정을 해서 그런지 나오는 제품들은 그야말로 세계를 놀라게 하는 것들뿐이었다.

전 세계 사람들의 라이프 스타일마저 바꿔 버릴 만큼 놀랍다 못해 충격적이기까지 한 제품들이 하루가 멀다 하고 쏟아져 나오는데 정작 미국인들은 그것을 구경조차 못하고 있으니 환장할 노릇이었다.

그뿐이랴, 지금 내수로 돌고 있는 제품들조차 기가스 컴퍼니와의 계약기간이 끝나는 대로 더는 사용할 수가 없게끔 되어 있었다.

그건 곧, 10년을 앞서가는 세계인들에 반해 미국인들의 라이프 스타일은 오히려 10년을 퇴보하게 된다는 뜻이었다.

무엇보다 큰일은 미국 경제계에 불어 닥친 급작스러운 불황이었다.

보다 앞선 기술을 선호하는 것은 소비자들의 기본적인 권리였다.

그리고 미국 기업들의 제품은 이제 소비자들이 선호하기에는 너무 뒤처지는 제품이었다. 그러다 보니 수출길이 막히는 거야 당연했다.

지금까지는 기가스 컴퍼니가 주는 기술을 우선 선점하며 과하다 싶을 만큼 제품들을 찍어내던 미국 기업들이었다.

물론 그만큼의 수요가 확실히 있었기에 지금까지는 아무런 문제가 없었다.

하지만 이제는 상황이 달라졌다.

[과잉 생산과 수요의 불균형 속에 쌓여만 가는 재고, 과연 미국 경제에 길은 있는가?]

재고가 쌓이니 재정이 흔들리고 재정이 흔들리니 그 피해를 노동자들이 받게 된다.

임금 체불과 실직은 그대로 다시 수요의 감소로 이어지는 악순환 속에 기업들이 도산하는 수순은 그야말로 상무부 장관 구테에레즈가 우려했던 제1차 경제대공황과 그대로 닮아 있었다.

그제야 기가스 컴퍼니의 영향력이란 것을 피부로 체감하게 된 미국인들이다.

기가스 컴퍼니의 기술이 단절된다는 것이 어떤 의미인지 그제야 깨닫고는 불만과 불안의 목소리들을 터뜨리기 시작했다.

그에 맞춰서 한 언론에서는 현 행정부와 기가스 컴퍼니 사이에 있었던 일을 집중 재조명하며 연구원과의 비밀 취재를 통해 그 속에서 범해졌던 부정과 비리를 까발리기까지 했다.

그쯤 되자 이런 최악의 상황이 되기 전에 정부에서 뭔가 해법을 찾아줄 거라 기대했던 여당 지지자들조차 한 목소리로 현 정부를 비난하고 성토하기 시작했다.

미국은 그야말로 벌집이라도 들쑤셔놓은 듯 야단법석이었다.

아니, 전 세계가 온통 그 이야기로 시끌벅적했다.

그도 그럴 것이 미국이 이렇게까지 속수무책으로 당할 거라고는 아무도 생각하지 못했던 것이다.

기가스 컴퍼니와의 힘겨루기에서 이렇게 일방적으로 당할 줄은 아무도 예상하지 못했다.

그건 기가스 컴퍼니의 힘을 제대로 인식하고 있던 사람들도 마찬가지였다.

다름 아닌 미국이었다.

세계 최강대국인 미국이 일개 기업의 도발에 무너질 리 없다.

오히려 미국을 상대로 싸움을 건 혁준이 무모하고 어리석 게만 보였다.

하지만 정작 그들의 눈앞에서 펼쳐지고 있는 것은 그것과 는 완전히 정반대의 상황이었다.

미국이 무너지고 있었다.

극단적으로 높은 기술력 앞에 그 대단한 미국조차 속수무 책으로 당하고 있었다.

그랬다.

힘의 우위는 극명하게 드러났다.

극단적으로 높은 기술력이란 것은 그 어떤 군대보다도 강 하고 그 어떤 국가보다도 위대할 수 있다는 것을 기가스 컴 퍼니가 여실히 증명해 가고 있었다.

기가스 컴퍼니는 이미 일개 기업이 아니었다.

그 자체로 세계경제를 정복해 가고 있는 탐욕스러운 정복 왕조였고 신기술로 무장한 강력한 대제국이었다.

즉, 미국과 기가스 컴퍼니와의 싸움은 그저 단순한 싸움 이 아니었던 것이다.

세계 최강대국인 미국과 무섭게 치고 올라오고 있는 신흥 제국간의 정국의 주도권을 놓고 벌이는 한판 승부였다.

그리고 그 한판 승부에서 신흥 제국이 압도하고 있었다.

그 바람에 당장 발등에 불이 떨어진 것은 부시였다.

외적으로는 지금까지 미국의 눈치를 보며 사태를 관망하던 나라들이 혁준에게 줄타기를 하며 미국의 해명과 사과를 촉구했고, 내적으로는 양파 껍질 벗겨지듯 그렇게 한 꺼풀, 한 꺼풀 벗겨지는 부시 행정부의 관련 비리로 인해 불만과 비난은 이미 그 한계를 넘어서 폭동의 조짐마저 보이고 있었다.

그런 여론을 등에 업은 민주당의 공격은 그만큼 거칠고 사나웠다.

그야말로 사면초가였다.

의회에서는 탄핵 얘기마저도 공공연히 나오고 있는 실정이었다.

하원이고 상원이고 할 것 없이 분위기가 너무 안 좋았다.

이건 심지어 클린턴의 성 스캔들은 물론이고 닉슨의 워터게이트 사건 때보다도 더 여론의 동향이 극악으로 치닫고 있었다.

더는 망설이고만 있을 수 없었다.

백악관의 안전한 굴 안에만 숨어 있을 수도 없었다.

어떤 특단의 조치가 필요한 상황이었다.

그리해 급기야 부시를 태운 에어포스원이 프랑스로 날아
갔다.

제53장
부시 대통령의 방불(訪佛)

[프랑스, 자유무역지역 발족 1년, 예년 대비 외자 유치 200배 증가]

[프랑스 자유무역지역 부르고뉴, 예년 대비 지역 총생산액 40배 증가]

[부르고뉴, 급격한 도시 발전에 지역 기본 시설이 따라가지 못해 시설 확충 필요. 프랑스 정부, 행복한 고민에 빠지다]

[프랑스 정부, 기가스 컴퍼니와의 합작 하에 지역 시설 확충 및 대대적인 리모델링 선언]

[유럽 각국, 부르고뉴를 모델로 한 자유무역지역 건설 의지 천명. 기가스 컴퍼니에 러브 콜]

[프랑스 자유무역지역 확대 결정]

그렇게 세상이 온통 기가스 컴퍼니와 자유무역지역의 일로 떠들썩할 때였다.

[부시 대통령, 방불(訪佛)]

미국 부시 대통령의 방불 소식이 전해졌다.
대외적으로는 어디까지나 다가올 밀레니엄 시대를 맞아 미국과 프랑스 간의 협력증진방안을 논의하기 위한 공식 방문이었지만 그걸 곧이곧대로 믿는 사람은 아무도 없었다.
기가스 컴퍼니의 대표 권혁준을 만나려는 것이리라.
그리해 작금에 처한 정치적 위기를 어떻게든 타파해 보려는 것이리라.
세상 사람들이 궁금해 하는 것은 '왜?'가 아니라 '어떻게?' 였다.

부시의 성향을 생각하면 협박일 가능성도 있었고 부시가 처한 상황을 생각하면 부탁일 수도 있었다.

그도 아니면 거래와 담판일 수도 있다.

어느 것도 다 가능성이 있기에 세상의 관심은 더더욱 프랑스와 부시, 그리고 혁준에게 집중될 수밖에 없었다.

$$* \qquad * \qquad *$$

파리 오를리 공항에 에어포스원이 도착한 것은 그날 오후 2시 경이었다.

미국 대통령의 공식 방문인 만큼 지크 사라크 프랑스 대통령이 직접 마중을 나와 있었다.

지크 시리크의 정중한 안내를 받아 함께 의전 차량에 올랐다.

하지만 자신의 부친인 조지 하버트 워커 부시가 미 대통령으로서 공식 방문했을 때와는 분위기가 사뭇 달랐다.

자신의 부친이 방불했을 때는 대통령 관저인 엘리제 궁까지 가는 동안 거창한 모터케이트의 호위 아래 120기의 기마 행렬이 있었다.

그뿐만 아니라 고전 나팔과 북이 장중하게 울렸는가 하면

거리 내내 삼색의 프랑스기와 더불어 미국 국기가 나부꼈었다.

심지어 아름다운 알렉상드르 3세교에서는 백주에 가로등을 켜고 부친을 반겼었다.

그런데 지금은 거창한 모터케이드도 없었고 120기의 기마행렬도 없었으며 고전 나팔이나 북, 심지어 미국 국기도 전혀 나부끼지 않았다.

미국 대통령의 공식 방문이라고 하기에는 지나치게 심심한 거리 풍경이었다.

이유는 둘 중 하나였다.

혁준의 눈치를 보는 것이거나 아예 대놓고 편들기를 하겠다는 것.

'그래도 미국의 라이벌을 자처하는 나라가 분별없이 고작 장사치 따위에게 아부나 하고 있으니…….'

하긴, 그 고작 장사치에게 아쉬운 소리나 하러 온 자신이 누굴 비웃겠는가.

오히려 세계인들의 조롱거리가 되고 있는 것은 대 미합중국의 대통령인 자신인 것이다.

"어떻게 하시겠습니까? 바로 엘리제 궁으로 가시겠습니까? 아니면 먼 길 여정에 힘드셨을 테니 여독부터 푸시겠습니까?"

"오늘은 쉬고 싶군요."

"그럼 업무는 내일부터 진행하는 걸로 하고 거처로 모시 겠습니다."

지크 사라크의 말이 끝나자 그들을 태운 차가 방향을 틀었다.

부시가 의아해하며 물었다.

"마리니 궁으로 가는 것이 아닙니까?"

마리니 궁은 프랑스의 영빈관이었다.

대통령 관저인 엘리제 궁의 바로 옆에 붙어 있어 공식 방문하는 국빈들은 업무의 편의를 위해 대부분 그곳에 묵게 마련이었다.

부시의 물음에 지크 사라크가 살짝 곤혹스러운 기색을 내보였다.

"시보르 성에 거처를 마련해 두었습니다. 마리니 궁에는 먼저 와 계신 분이 있어서… 아무래도 그분께서 불편해하실 것 같아서 말입니다."

이건 또 무슨 소린가?

그 큰 마리니 궁에 방이 달랑 하나만 있는 것도 아니고, 3 년 전에 열린 G7 정상회담 때만 해도 각국 정상들이 모두 마리니 궁에 묵기도 했었는데 먼저 온 선객이 있다고 미국의 대통령을 외곽으로 돌리다니?

게다가 '불편해하실 것 같아서' 라는 건 또 뭐란 말인가?

'대체 미국의 대통령보다 중한 사람이 누가 있다고…….'

아니, 딱 하나 있다.

프랑스 대통령이 미국 대통령보다 중요하게 생각하는 사람.

지크 사라크의 지지율을 1년 만에 30퍼센트나 끌어올려 준 은인.

프랑스를 유럽 경제의 중심으로 우뚝 서게 만들어준 프랑스의 미래이자 희망.

"혹시 먼저 와 있다는 사람이 기가스 컴퍼니의 대표입니까?"

아니나 다를까,

"허허. 어찌 아셨습니까?"

"……"

"이번에 자유경제지역을 확장하기로 한 것은 대통령님도 아시겠지요. 그 문제로 논의할 것들이 많아서 제가 무슈 권을 마리니 궁으로 초청했었는데 그 일정이 예상보다 길어지다 보니 대통령님의 방불 일정과 겹치고 말았습니다. 대통령님의 방불 일정도 갑작스럽게 예정보다 일찍 당겨지기도 했고… 아무래도 두 분의 관계가 껄끄러울 것 같아 이렇게 조처를 한 것이니 대통령님께서 이해해 주세요."

변명이나 해명이 아니었다.

어려워하거나 미안해하는 기색이 전혀 없다.

프랑스가 워낙 미국의 눈치를 안 보던 나라라고 하지만
이 정도면 무례였다.

'끄응……'

앓는 소리는 속으로 삼켰지만 부시의 얼굴에는 마뜩잖아
하는 기색이 역력했다.

'내 언젠가 이 굴욕은 반드시 갚아줄 것이다!'

그것은 단지 지크 사라크에 대한 분노만이 아니었다.

그 분노의 중심에는 당연히 혁준이 있었다.

하지만 어쩌랴.

지금은 숙여야 할 때인 것을.

부시는 불편하고 불쾌한 속을 그대로 드러낸 채 아예 눈
을 감아버렸다.

그런 부시의 마음을 아는지 모르는지 지크 사라크는 본척
만척하며 시종일관 웃는 낯을 하고 있었다.

어쨌거나 그렇게 시보르 성에 도착해 짐을 풀고 한 시간
쯤 지났을 때였다.

자신이 이곳에 머물게 되었다는 소식을 벌써 전해들은 것
인지 한 무리의 손님이 그를 찾아왔다.

엑센듀얼의 마이클 에너낙, P&G의 헤인즈 리치, 홈캐스

트의 스탠리 위건 등등… 부시와 공화당을 지지하는 미국의 기업인들이었다.

사무엘 미추와 더불어 부시를 부추겨 기가스 컴퍼니 사태를 야기시키고 기가스 컴퍼니가 남긴 1,200개의 기술을 훔친 장본인들이기도 했다.

"다들 여긴 무슨 일이시오?"

"그야 대통령님께서 오신다기에 인사차……."

인사차가 아니란 것쯤이야 그들의 표정만 보아도 알 수 있었다.

인사차가 아니라 살피러 온 것이었고 또한 너절한 부탁이나 하러 온 것이었다.

혁준이 미국과의 전쟁을 선포하고 가장 큰 피해를 입고 있는 것이 바로 저들이었다.

가뜩이나 기가스 컴퍼니에서 나오는 보다 업그레이드된 기술들로 인해 훔친 기술들이 죄다 쓰레기가 되어버린 것으로도 모자라 기가스 컴퍼니의 기술을 훔쳤다는 오명까지 더해져 국제 평판이 너무 안 좋았다.

나빠질 대로 나빠진 평판과 기가스 컴퍼니의 눈치를 보느라 그들과 새로 거래를 트려는 곳이 전무하다시피 했다.

거기다 미국 내 여론마저도 좋지 않아 내수에서도 애를 먹고 있어 기업의 존립마저도 바람 앞의 등불처럼 간당간당한 것이 그들이 처한 작금의 현실이었다.

그리해 여기까지 와 있는 것이다.

다른 업무는 다 밀어두고, 혁준을 만나기 위해 프랑스에 아예 상주하다시피 하고 있었다.

하지만 그는 그들을 만나주지 않았다.

얼굴 한 번, 목소리 한 번 듣지 못한 채 연일 문전박대만 당하고 있는 처지였다.

그런 중에 부시의 방불 소식을 듣고, 거기에 한 가닥 희망을 걸고 이렇게 부랴부랴 달려온 것이었다.

하지만 지금 부시의 눈엔 그들의 딱한 처지 같은 건 들어오지도 않았다.

가뜩이나 지크 사라크의 푸대접으로 인해 여기까지 오는 내내 불쾌한 기분이었는데 그들의 얼굴을 보자니 왈칵 짜증만 난다.

'내가 오늘 이런 굴욕까지 당한 게 다 누구 때문인데, 얻다가 뻔뻔한 낯짝들을 들이미는 거야?'

성질 같아서는 한 바탕 욕이라도 퍼부어주고 싶었지만, 참았다.

성질대로만 대할 수는 없는 자들이었다.

그들이 있었기에 그가 미국의 대통령이 될 수 있었다.

다음에 있을 재선을 위해서도 그들은 언제나 자신의 든든한 후원자로 있어줘야 했다.

부시가 애써 짜증을 누르고는 귀찮다는 듯이 말했다.

"여러분이 여기까지 날 찾아온 것이야 당연히 권혁준 그
자 때문일 테지요. 여러분들이 살아야 내가 살고 공화당이
살고 또한 미국이 사는 것이니… 그래, 내가 뭘 어떻게 해주
기를 바라시오?"

부시가 단도직입적으로 묻자 잠시 쓴웃음을 지어보이던
자들이 잠시 서로의 눈치를 보다가 이내 부시에게 물었다.

"미스터 권과는 언제 만나실 계획이십니까?"

"내일과 모레 양 일 간은 공식 업무가 있으니 안 되고, 삼
일 후에 만날 생각이오."

"약속은 되어 있습니까?"

"이제 잡아봐야지."

"그게… 쉽지가 않을 겁니다."

"쉽지가 않다니? 설마 그자가 감히 나마저 만나려 하지
않을 거라 이 말씀이오?"

"그런 게 아니라, 유럽 각국을 대표하는 자들이 자유무역
지역이다 경제특구다 해서 미스터 권을 만나기 위해 연일
프랑스로 몰려들고 있는 상태입니다. 알아본 바로는 이미
두 달간은 약속이 꽉 잡혀 있다 들었습니다."

"아무리 그래도 그렇지, 미합중국의 대통령이 만나자는

데 시간이나 선약이 문제가 될 리가 있나."

"그야 그렇습니다만……. 하온데, 그럼 장소는 어디로……?"

"장소라니?"

"미팅 장소를 어디로 하실 건지?"

"그야 당연히 여기서 봐야지. 당신들 설마 나더러 직접 그자를 찾아가기까지 하라는 건 아니겠지?"

"……."

침묵.

침묵이 뜻하는 것은 물론 긍정이었다.

"어허! 당신들 지금 제정신이오? 내가 여기까지 온 것만 해도 세상의 조롱거리가 되었을 텐데, 나더러 미합중국 대통령으로서의 체면 따윈 접어 두고 그자한테 직접 찾아가 구걸까지 하길 바라는 거요?"

"그게 아니라 미스터 권의 콧대가 워낙에 하늘을 찌르고 있는 상황이라……."

"됐소! 아무리 콧대가 높아졌기로서니 내가 만나자는데 설마 거절이야 할까!"

눌러놓았던 짜증이 새어나온다.

"괜한 걱정들 말아! 이 사람들이 말이야. 아무리 사정이 어려워졌다고 해도 그렇지, 이렇게까지 분별력을 잃어서야 되겠어? 당신들 손으로 직접 뽑은 당신들 나라의 대통령이 세상이 다 보는 앞에서 일개 장사치에게 머리라도 숙여야 속이 시원하겠어? 내가 지금 누구 때문에 여기까지 와서 이런 굴욕을 당하고 있는지 정녕 몰라서 그래? 대체 나를 어디까지 떨어뜨려려 속이 시원하겠냔 말이야!"

부시의 분노가 적나라하게 그들 기업인들을 향한다.

그렇다 보니 아무도 더는 입을 열지 못했다.

하지만 그들의 눈에는 오히려 그런 부시가 더 상황 파악 못하고 분별력을 잃은 듯 보였다.

그도 그럴 것이, 프랑스에 체류해 있는 동안 그들이 보고 듣고 느낀 혁준의 존재감이란 것은 일국의 국가 원수를 거뜬히 넘어섰다고 해도 과언이 아니었다.

그건 미국의 대통령이라고 해도 다르지 않았다.

프랑스 내에서 국민적인 영웅으로 떠오른 것은 말할 것도 없거니와 대외적인 면에서도 그랬다.

이미 독일의 수상과 영국의 총리마저 직접 그를 찾아가기도 했고 프랑스 대통령은 아예 자유무역지역 확충에 관한 업무를 대통령 관저인 엘리제 궁이 아니라 혁준이 머물고 있는 마리니 궁에서 보고 있을 정도였다.

그런 분위기였다.

자유무역지역의 화려한 성공은 프랑스에서 치러진 일종

의 대관식이었다.

그 대관식에 각국의 정상들이 이미 앞다투어 찾아와 머리를 숙이고 있었다.

거기에 부시 하나가 더 낀다고 해서 그것이 치욕이랄 것도 없는 것이다.

그러나 부시의 분노 앞에서 그들은 아무 말도 할 수 없었다.

그저 그가 프랑스에 머무는 동안 조금이라도 빨리 혁준의 존재를 인정하기만을 바랄 뿐.

그리해 머리를 숙여서라도 틀어진 관계를 회복시킬 수 있게 되기만을 바랄 뿐.

그렇지 않으면 이렇게 프랑스로 날아온 보람도 없이 혁준의 얼굴 한 번 보지 못하고 미국으로 돌아가야 할 테니까.

그렇게 되면 지금 이 자리에 있는 기업인들에겐 다시는 회생의 기회가 없을지도 모르니까.

아니나 다를까,

"일정이 맞지 않아서 오늘은 시간을 낼 수가 없다고 합니다."

"뭐?"

비서관의 말에 부시가 얼굴을 구겼다.

"내가 만나자고 했는데도 시간을 못 낸다고?"

혁준과의 만남이 거절당한 것이다.

"워낙에 중요한 약속이 잡혀 있다고 했습니다."

"중요한 미팅? 대체 미국의 대통령을 만나는 것보다 더 중요한 약속이 뭐가 있단 말인가? 그래서? 그래서 언제로 약속을 잡았나?"

"그게… 지금은 답을 줄 수가 없다고, 일정이 잡히는 대로 다시 연락을 주겠다고만……."

콰직!

부시의 손에 들린 펜이 두 토막으로 부러졌다.

"정녕 이자가 끝까지 나를 우롱하려 드는구나!"

이젠 아예 부시의 눈에선 살기마저 번들거리고 있었다.

그도 그럴 것이, 어제 다녀간 기업인들에게야 이미 예견된 수순이지만 그 당연한 상황이 부시에게는 도발이고 무시로 보였던 것이다.

사실 그런 면이 없잖아 있긴 했다.

부시 측에서 만나자는 연락이 왔을 때, 단지 그가 부시라는 이유로 혁준은 단박에 거절을 했다.

"만날 이유 없어. 만나고 싶지도 않고. 나한테 할 말이란 게 뻔하잖아? 그딴 거 들으려고 아까운 시간을 쪼개?"

그런 마음으로 거절을 하긴 했지만, 그게 아니더라도 정말로 중요한 약속이 잡혀 있었다.

기가스 컴퍼니의 사업에 있어 중요하기도 중요하거니와 어떤 사람인지 정말로 궁금했던 사람과의 약속이었다.

늘 뉴스에서만 봐 왔던 사람.

누구나 다 알지만 또한 누구도 잘 모르는 신비에 쌓인 사내.

세상의 인심이, 그 호불호가 극명하게 갈리는 종잡을 수 없는 희대의 권력자.

개인적인 호기심만으로도 부시 정도는 간단히 뒷전으로 밀어버릴 수 있는 그 특별한 사내가 혁준의 집무실 안으로 뚜벅뚜벅 걸어 들어오고 있었다.

그리해 혁준의 앞에 서서 손을 내민다.

"러시아연방 연방보안국(FSB) 국장, 블라디미르 블라디미로비치 푸틴입니다."

블라디미르 블라디미로비치 푸틴.

러시아연방 연방보안국(FSB: KGB의 후신)의 국장 겸 국가안보위 서기.

이 사내가 러시아 권력의 중심으로 등장하기 전까지 이 사내에 대해 알려진 것은 거의 없다.

기껏해야 전직 KGB 요원이었다는 것 정도.

그건 이 사내가 철저하게 자신을 숨겼기 때문이 아니라 권력의 중심으로 등장하기 전까진 이렇다 할 경력도, 특별히 도드라진 점도 없었기 때문이었다.

일예로 그의 상관이었던 전 KGB 국장 올레그 칼루긴은 그에 대해 이렇게 말하기도 했다.

'푸틴은 제가 거느린 1,500명 장교 중 한 명이었을 뿐입니다. 저는 그의 얼굴도 특성도 몰랐습니다. 그저 한 명의 부하일 뿐 어떤 특징도 없었고 특별한 인상을 받은 적도 없습니다.'

그렇게 별다른 존재감이 없던 그가 앞으로 8개월 후면 태평양에서 유럽에 이르는, 11개 시간대역을 가진 지구상 유일의 거대국가, 그 광활한 땅의 최고 권력자가 된다.

혁준은 자신과 마주해 앉아 있는 미래의 권력자를 찬찬히 살폈다.

슬라브족 남성의 좁고 각진 얼굴 골격에 무겁게 꽉 다문 입술은 얇고 날카롭다. 상대방을 꿰뚫어보는 듯한 눈빛은 차갑고 예리하다.

키는 그다지 크지 않지만 삼보대회 챔피언에 유도 공인 6단의 무도인답게 당당한 체구에서 뿜어 나오는 기도는 힘이 넘친다.

TV로 볼 때도 상당히 강인해 보이는 인상이었지만 이렇게 직접 보니 강함을 넘어 패도적인 느낌마저 풍겼다.

얼마간 그렇게 푸틴을 살피던 혁준이 입을 열었다.

통역은 차유경이 맡았다.

"그래. 여긴 어떻게 오셨습니까?"

푸틴이 대답했다.

"러시아에 경제특구를 만들고 싶습니다."

서론도 없이 바로 본론이다.

너무 단도직입적이라서 살짝 당황은 했지만 새삼스럽지는 않았다.

각국의 정상들이 자신을 찾는 이유가 대게 이것과 크게 다르지 않았으니까.

푸틴의 면담 요청을 받았을 때도 이미 짐작은 했었다.

혁준이 물었다.

"기가스 컴퍼니의 경제특구는 여타의 경제특구와는 그 개념이 다르다는 것은 알고 계시겠죠?"

"알고 있습니다. 훨씬 더 독립적이란 것. 아니, 그 정도가 아니라 나라 안에 새로운 나라가 세워지는 것이나 다름없다는 것, 잘 알고 있습니다."

"그런데도 러시아에 경제특구를 세우겠다?"

"그렇습니다."

"누구의 뜻입니까?"

"……?"

"역시 옐친 대통령님의 뜻이겠죠?"

"그렇습니다."

"그럼 국장님의 뜻은 어떻습니까? 국장님의 뜻도 대통령님과 같습니까?"

혁준의 질문에 아무 대꾸도 하지 않는 푸틴이다.

그런 푸틴을 보며 혁준이 고개를 끄덕였다.

"하긴, 같을 수야 없겠죠."

그도 그럴 것이 푸틴이 어떤 인물이던가.

절대적 국수주의의 상징과도 같은 인물이 아니던가.

언젠가 한 연설에서는 외국인 노동자들을 향해 '러시아는 러시아인들의 땅이다. 다른 문화 다른 규율 다른 법은 용납지 않는다. 무조건 러시아 말을 쓰고 러시아 법을 따르라. 그게 싫으면 러시아 땅을 떠나라. 이건 차별이라고 너희들이 아무리 크게 외쳐도 나는 너희에게 어떠한 특권도 주지도 않을 것이며 너희에 맞춰 법을 바꾸지 않을 것이다' 라고 말한 적도 있었다.

그런 그가 러시아 안에 새로운 나라가 세워지는 걸 납득할 리가 없었다.

그럼에도 그가 혁준을 만나 옐친의 뜻을 전하는 것은 이 푸틴이라는 사내에게 있어 최고의 정의이자 최고의 가치는 선(善)도 법도 도덕도 이상도 아닌, 충성이기 때문이었다.

자신을 인정해 준 상대에 대한 맹목적인 충성.

그것이 대통령이 되기 전의 그를 대변하는 말이었고, 또 한 그것이 집안도, 인맥도 없는 그를 러시아의 대통령으로 만든 가장 큰 원동력이었다.

사실 혁준이 푸틴의 방문 소식을 듣고 이것저것 푸틴에 대한 것들을 조사하면서 가장 깊게 관심을 가졌던 것이 그 부분이었다.

한 번 마음으로 모신 상관이라면 그 상관이 어떠한 죄를 지었든, 어떠한 처지에 놓였든 단 한 번도 등을 돌리지 않았 다. 수단과 방법을 가리지 않고 충성을 지켰다.

일예로 그의 대학시절 교수이자 상트페테르부르크 부시 장 시절 상관이었던 아나톨리 소흐차크가 뇌물 수수 혐의로 기소 위기에 처하자 그는 소흐차크를 욕하는 모든 이들을 적대시하고 소흐차크를 해외로 빼돌렸을 뿐만 아니라, 지금 그가 모시고 있는 보리스 옐친 러시아 대통령 역시 부정과 부패로 그 가족들과 측근들이 수사를 받자 검찰총장을 접대 부들과 엮어 사회적으로 매장시켜 버린다.

그러한 일화들을 읽으면서 든 생각은 하나였다.

'갖고 싶다.'

이 사내의 마음을 가질 수 있다면 그건 곧 세계에서 가장 강력하면서도 무식한 군대를 뒷배로 두게 된다는 뜻이니까.

미국과의 서열 전쟁에서 가장 껄끄러웠던 부분이 바로 군사력인데 이 사내의 마음만 얻을 수 있다면 그에게 있어 유일하게 부족했던 부분을 채울 수 있게 되는 것이다.

그건 앞으로 기업이 아닌 세계 여러 국가를 상대로 싸워야 하는 혁준에겐 더 없이 절실한 힘이었다.

혁준이 푸틴을 보며 말했다.

"뭐, 어느 나라고 기가스 컴퍼니 식의 경제특구나 자유무역 지역은 내켜할 만한 건 아니죠. 그래서 아직도 결정을 못 하고 숙고중인 나라도 있고 조율을 원하는 곳도 있죠. 하지만 러시아는 그렇게 느긋한 상황은 아닐 겁니다."

"무슨 말씀입니까?"

"가난."

"……."

"정치적으로는 공산주의와 민주주의의 첨예한 대립 속에서 소비에트 연방이 붕괴되었고, 러시아연방이 사활을 걸고 추진했던 체첸 전쟁에서는 패배했죠. 급기야 모라토리엄을 선언, 국가 사태까지 맞았구요. 이제 러시아는 더 이상 세계 제2의 강대국이 아닙니다. 냉전체제의 그 무시무시했던 패도국은 이미 사라지고 없고 군사무기나 내다팔면서 주변국에 구걸이나 하러 다니는, 굶어죽는 자가 속출하고 있는 가난뱅이 나라가 바로 러시아가 직면한 현실이 아닙니까?'

혁준의 말은 어디까지나 세상이 다 아는 사실이었지만, 이 자존심 강한 사내에겐 결코 듣고 싶지 않은 치부였다.

당연히 푸틴의 표정이 사나워졌다.

그러거나 말거나 혁준은 말을 계속 이었다.

"물론 옐친 대통령님이 이런 제안을 해온 것은 단지 '러시아를 가난에서 구하고 싶다' 라는 생각에서만은 아니었을 겁니다. 그런 숭고한 의지를 가진 사람이라면 애초에 부패 문제로 국민들에게 인심을 잃지도 않았겠죠. 경제특구를 들고 나온 건 대선을 1년 앞둔 시점에 여러 가지 내홍에 시달리며 궁지에 몰린 집권당의 입지를 다시 세우고자 함일 겁니다. 조국당과 전 러시아당이 연합하려는 조짐을 보이고 있으니 상당한 압박감을 느낀 거겠죠. 그러니까 사실은 러시아를 가난에서 구하기 위함이 아니라 현 집권당을 구하기 위한 승부수인 셈이죠. 가난에 허덕이는 러시아 국민들에게는 그보다 더 달콤한 희망이 없을 테니까요. 그 중차대한 일에 국장님을 보내신 것은 당연히 아직은 빈약한 국장님의 입지를 공고히 하려는 것일 테구요. 총리 임명 전에 말입니다."

푸틴의 사납던 표정 속에 놀람이 떠올랐다.

"어떻게 아셨습니까?"

러시아의 사정에 이토록 밝은 것도 그렇지만 무엇보다 자신의 총리 임명은 극비 중의 극비였다.

공식적으로 발표가 되기 전에 이 파격 인사가 외부로 알려졌다간 정치적 기반이 약한 그를 정적들이 가만히 내버려 둘 리가 없기 때문이었다.

'한데 이자가 그걸 어떻게 알고 있단 말인가?'

놀란 기색을 숨기지 못하는 푸틴을 보며 혁준이 피식 웃었다.

"그렇게 놀라실 것 없습니다. FSB에 비할 바는 아니지만 저도 저 나름의 정보력은 갖추고 있으니까요. 특히 국장님에 대해서라면 국장님이 생각하시는 것보다 훨씬 더 많은 것을 알고 있다 자부합니다."

"……."

"아무튼 중요한 건 제가 그걸 어떻게 알았느냐가 아닙니다. 제가 이런 말씀을 드리는 건 지금부터 국장님과 저, 서로의 속내를 숨기지 말고 터놓고 얘기해보고 싶기 때문입니다. 그런 의미로 먼저 제 답부터 드리죠. 경제특구 제안은 거절하겠습니다."

"어째서… 입니까?"

"그것이 옐친 대통령님의 뜻이기 때문입니다. 건강상이든 부패든 간에 정치 생명이 끝난 사람과의 약속을 어떻게 믿겠습니까? 하지만 그게 국장님의 의지라면 이야기는 달라지겠죠."

"제 의지라면?"

"러시아의 새 군주가 되실 분이니까 말입니다."

"그게 무슨……."

"당황하실 것 없습니다. 말씀드렸지 않습니까? 서로 간에 속내를 숨기지 말고 터놓고 얘기해 보자고. 국장님께서 차기 대권을 노리고 있다는 것도 알고 있고 다음 달 총리 임명이 그 일환이라는 것도 알고 있습니다. 물론 쉽지 않은 일입니다. 아무리 옐친 대통령의 정치 기반을 등에 업었다고 하더라도 조국당 루쉬코프의 기세가 만만치 않은데다 난다 긴다 하는 정치 노마들까지 대거 끼어드는 형국이니 결과를 장담할 수 없죠. 여론도 그다지 좋은 방향으로 흘러가지 않고 있구요. 사실은 이틀 전에 루쉬코프도 여길 왔었습니다."

"……."

"그 사람이 꺼낸 말도 경제특구였습니다. 그 사람도 옐친 대통령과 마찬가지로 경제특구를 대권의 향방을 좌우할 열쇠로 판단한 거겠죠."

사실이었다.

현 모스크바 시장 루쉬코프도 경제특구를 요구했었다.

그리고 그가 내건 조건이란 것은 프랑스에서 지원해 준 것보다도 훨씬 더 파격적인 것이었다.

만일 혁준이 루쉬코프의 제안을 받아들였다면 어쩌면 러시아의 역사는 바뀌었을지도 모른다.

"하지만 걱정하실 것 없습니다. 거절했으니까요. 제가 선택한 사람은 어디까지나 블라디미르 블라디미로비치 푸틴이고 내년 대선에서 승리할 러시아연방의 다음 대 대통령의 이름 또한 분명 블라디미르 블라디미로비치 푸틴일 테니까. 제가 그렇게 만들어 드리겠습니다, 반드시!"

세계 경제계는 물론이고 미국의 대통령마저도 한달음에 프랑스로 날아오게 만든 혁준이다. 그런 혁준의 입에서 나오는 한 마디, 한 마디는 무게감이 달랐다.

그것은 푸틴, 이 철혈의 사내마저도 뜨겁게 만들 정도였다.

"그래서… 제게 원하는 것은 뭡니까? 경제특구의 독립성을 보장해 달라는 겁니까? 아니면 러시아 내 사업 기반을 다지는데 정부 차원에서의 협력을 바라시는 겁니까?"

"다 아닙니다. 러시아를 위해서라면 법도 도덕도 세상의 눈도 신경 쓰지 않으시는 분이 아닙니까? 사업기반을 다져

봐야 무슨 소용이 있겠습니까? 국영화라는 명분 앞에 가진 것 다 빼앗기고 쫓겨나게 될 게 뻔한 일인데. 말 한 마디에 사라질 독립성 따위는 어차피 관심도 없습니다."

그건 실제로 푸틴이 앞으로 저지르게 될 일이었다.

에너지 국영화라는 명분으로 러시아에 들어와 있던 해외 자본을 모조리 쫓아낸다.

정말이지 세계의 지탄을 받아 마땅한 무식하고 무도한 만행이지만 그것을 계기로 러시아의 경제 위기를 단번에 극복해내는 만큼 적어도 자국민들에게는 절대적인 지지를 받게 되는 푸틴이다.

그런 푸틴에게 서류상의 약속이 무슨 소용이겠는가?

"제가 국장님께 원하는 것은 어떤 보장도 협조도 약속도 아닙니다. 제가 원하는 것은……. 그저 국장님의 마음입니다."

"……."

"마음을 주십시오. 그럼 저는 국장님께 최고의 권좌를 드리겠습니다. 부강한 러시아와 함께 말입니다."

*   *   *

마리니 궁을 나서던 푸틴이 뒤를 돌아보았다.

조금 전 들었던 혁준의 말이 뇌리를 스쳐간다.

"마음을 주십시오. 그럼 저는 국장님께 최고의 권좌를 드리겠습니다. 부강한 러시아와 함께 말입니다."

최고의 권좌, 그리고 부강한 러시아.

그에게 있어 가장 절실한 두 가지다.

의심은 없다.

충분히 그럴 수 있는 사람이다.

또한 마음먹기에 따라서 그에게서 그 두 가지를 모두 빼앗아갈 수 있는 사람이기도 했다.

그의 최대의 정적이랄 수 있는 루쉬코프의 방문 얘기를 들었을 때는 등골이 다 서늘해질 지경이었다.

아니, 그건 지금도 마찬가지다.

만일 혁준이 루쉬코프의 손을 잡았다면 어찌 되었을까?

루쉬코프가 기가스 컴퍼니의 경제특구를 손에 넣었다면?

기가스 컴퍼니의 어마어마한 자금력과 기술력을 손에 쥔 채 대선에 나온다면?

생각만 해도 아찔한 일이었다.

혁준이 루쉬코프가 아닌 자신을 선택해 준 사실에 가슴을 쓸어내리게 된다.

하지만 그런 한편으로 그것이 또한 엄청난 부담으로 다가온다.

'마음을 달라고?'

그 말의 의미를 어떻게 해석해야 할까?

당연히 말 그대로의 순수한 의미는 아닐 것이다.

혁준이 그를 인정하고 선택해 준 것에 대해 어떤 형태로든 보답을 하라는 뜻일 것이다.

진정을 다한 일종의 성의 표시.

'하지만 뭘 어떻게?'

상대는 최고의 권좌와 부강한 러시아를 내걸었는데 자신은 대체 무엇을 내어줘야 한단 말인가? 무엇을 내어줘야 그를 실망시키지 않을 수 있단 말인가?

'차라리 자원이든 땅이든 그냥 대놓고 요구를 할 것이지, 이거야 원······.'

답답했다.

그의 성미에도 안 맞다.

그리고 자신의 운명과 러시아의 미래가 타인의 손에 좌지

우지 되는 이 상황이 개탄스럽다.

하지만 어쩌겠는가.

싫어도, 못마땅해도 이게 러시아의 현실인 것을.

지금은 그저 자신의 손으로 부강한 러시아를 만드는 것만 생각해야 했다.

그러자면 혁준이 내민 손을 어떻게든 죽을힘을 다해 잡고 매달리는 수밖에 없다.

그리고 그러자면 혁준을 만족시킬 수 있는 그 '마음'이란 것을 보여줘야 했다.

'그러니까 대체 뭘 줘야 하냔 말이지!'

돈도 권력도 넘쳐나는 사람인데, 부족한 거 하나 없는 사람인데 그런 사람을 만족시킬 수 있는 '성의 표시'라는 게 과연 있기나 할까?

"끄응……."

생각하자니 머리만 지끈거려 온다.

역시 이런 건 정말 성미에 안 맞다.

*　　　*　　　*

"그 성격에 골치 꽤나 아프겠는데요?"

혁준이 짓궂은 미소를 입가에 걸며 그렇게 말했다.

차유경이 말했다.

"그렇겠죠. 대표님이 무슨 의도로 그런 말씀을 하신 건지 저도 잘 모르겠는걸요."

"복잡하게 생각할 거 없는데… 그냥 말 그대롭니다. 난 푸틴 그 사람의 마음을 원해요. 그 사람의 마음이 곧 러시아의 땅이고 러시아의 자원이고 러시아의 군대니까. 반대로 그 사람의 마음을 가지지 못하면 러시아를 통해 얻을 수 있는 모든 것들이 그저 사상누각에 지나지 않죠. 파도 한 번에 쓸려 나갈 성에 뭐 하러 투자를 하겠어요?"

"그렇지만 마음이란 게 그렇게 간단히 주고받고 할 수 있는 게 아니잖아요?"

"그렇죠. 그렇게 간단히 마음을 줄 사람도 아니고, 그렇게 가볍게 움직일 마음이라면 저부터가 먼저 사양입니다. 한 번 마음을 주면 바위처럼 굳건한 만큼 그 마음을 얻기가 힘든 사람입니다. 그래서 더 탐이 나는 거구요."

"……."

"당장 뭘 어찌해 보겠다는 게 아닙니다. 그에게 마음을 달라고 했던 것도 그저 그에게 가지고 있는 내 호의와 그를 원하는 내 진심을 보여준 것뿐이죠. 이제 물꼬를 텄으니 차츰 길들여 나가야죠. 시간을 들여서 천천히. 줄 건 주고, 받을 건 받으면서. 어려우면서도 믿을 수 있고, 의지할 수 있으면서도 넘볼 수는 없는 존재라는 걸 각인시켜 주면 굴복이 되었든 체념이 되었든 신뢰가 되었든 결국 마음을 주지 않겠습니까?"

"맹견을 길들이는 식이군요."

"맹견이라기보다는 맹수라 하는 게 맞을 것 같네요. 원래 남자라는 동물이 대개 그렇습니다. 고양이보다는 개를 기르고 싶어 하고, 개보다는 늑대를 기르고 싶어 하고 늑대 보다는 호랑이를 기르고 싶어 하죠. 뭐, 이놈은 호랑이가 아니라 불곰이긴 하지만……. 그래서 가까이 두고 기르기엔 덩치가 좀 부담스럽긴 하지만 말입니다. 하하."

혁준이 유쾌하게 웃었다.

그 웃음은 마치 장난감을 손에 쥔 어린아이처럼 천진난만해 보이기까지 했다.

문득 궁금해져서 물었다.

"부시도 그런 마음으로 길들이기를 하는 중인가요?"

"부시?"

"푸틴 그 사람이 불곰이면 부시는 사자쯤 될 테니까……."

"사자는 무슨, 미국의 위세를 빌려서 호가호위하는 늙은 여우죠. 그리고 지금 내가 하는 건 길들이기가 아니라 어디까지나 응징이구요. 받은 만큼은 돌려줘야 하니까. 그딴 늙은 여우를 뭐에 써먹겠습니까? 가까이 해봐야 엄한 불똥이나 튀겨댈 텐데."

"그래도 미국의 대통령이에요. 당장 경제적으로 압박을 받고 있다고 해도 아직은 세계 최강대국임에는 그 누구도 부정하지 못해요. 단지 경제력만으로 지금의 자리를 차지한 게 아니니까요."

"그래서요?"

"세계 최강대국의 수장이 대표님 때문에 이곳 프랑스까지 날아왔는데 만나는 봐야 하지 않을까요?"

"걱정 되십니까?"

"솔직히 그래요. 뭐라 뭐라 해도 상대는 미국의 대통령이니까요. 쥐도 궁지에 몰리면 고양이를 물게 마련이고, 미국이 극단적인 방법으로 나온다면 콧잔등에 작은 생채기 하나 남는 정도로는 끝나지 않을 테니까요. 물론 세상의 이목이 있으니 그렇게까지 막나가지는 않겠지만, 그래도 대화의 창구 정도는 열어둬야 하지 않을까요? 말로 해결되지 않는다는 걸 알게 되면 그 다음에 내세울 건 결국 무력밖에 없으니까요."

차유경의 걱정이야 충분히 이해가 된다.

혁준 역시 마음을 완전히 놓고 있는 건 아니었다.

세상의 이목이 온통 자신에게로 집중되어 있는 상황에서 그런 미친 짓거리를 하지는 않을 테지만 그럼에도 그런 미친 짓이라도 할 수 있는 게 부시라는 인간이었다.

하지만,

"걱정 마세요. 그런 일은 벌어지지 않을 테니까. 부시라는 인간은 미친 짓도 철저하게 자기 이득을 따져서 하는 인간이니까. 나 하나 어찌한다고 해서 자신에게 득이 되지 않는다는 것쯤은 잘 알고 있을 겁니다. 나로 인해 자신의 정치 생명이 위태로워졌지만 그 한 줌도 남지 않은 정치 생명을 다시 잇게 해줄 수 있는 것도 나뿐이란 걸 누구보다 잘 알고 있을 테고요. 그 늙은 여우가 스스로 자신의 생명줄을 끊는 멍청한 짓을 할 리가 없죠. 게다가 저는 대화 창구를 완전히 닫아둔 게 아닙니다. 오히려 대화할 준비도 자세도 되어 있지 않은 건 제가 아니라 부시죠. 그게 아니라면 저더러 오라 가라 하진 않았을 테니까."

프랑스에 도착하자마자 자신에게 달려와 엎드려 빌진 않더라도 적어도 헤픈 웃음이라도 보였어야 했다.

지금 미국이 처한 경제적 타격이나 부시가 처한 정치적 위기를 생각하면 당연히 그럴 거라 생각했다.

그런데 정작 프랑스에 도착한 부시는 달려와 헤픈 웃음을 보이기는커녕 한껏 거만한 자세로 그를 오라 가라 하고 있다.

"미국을 등에 업고 호가호위하던 늙은 여우가 아직도 미국의 위세가 통할 거라고 생각하고 있거나, 아니면 똥줄이 덜 탄 거겠죠. 이래서는 만난다 한들 제대로 대화가 이루어질 리가 없지 않습니까? 서로 간에 입장의 간극이 좁혀질 리도 없고."

"그럼 부시가 직접 찾아온다면 만나볼 의사는 있는 건가요?"

"뭐, 그때는 그럴 겁니다. 명색이 미국의 대통령이 자존심도 접고 체면도 불사하고 오는 건데 제 쪽에서도 그 정도 성의는 보여야죠. 안 그럼 세상의 시선이 오히려 우리를 오만하다 느끼게 될 수도 있으니까."

그건 자칫하면 기가스 컴퍼니를 무도한 국가 권력에 희생당한 피해자에서 권력의 주체자로 인식시킬 수가 있었다.

그건 결코 바라지 않는 일이었다.

당장 세계 각국에서 진행되고 있는 자유무역지역 사업에도 큰 지장이 초래된다.

기가스 컴퍼니의 경제특구나 자유무역지역이란 것은 그 특성상 막대한 권리와 혜택을 받게 되는 것인 만큼 기술력 이전에 각국의 국민 여론이 사업의 성패를 좌우하는 가장 중요한 열쇠였다.

지금까지는 기가스 컴퍼니가 미국이라는 나라의 횡포에 희생당한 피해자였고 미국을 상대로 한 전쟁 선포 또한 그

자체로 정의였기에 별 거부반응 없이 진행이 되었다.

세상은 기가스 컴퍼니를 반겼고 혁준을 응원했다.

그런데 만일 그러한 기업 이미지가 달라진다면?

억울한 피해자이자 정의의 사도에서 무도한 권력의 주체자로 인식된다면?

모르긴 몰라도 자유무역지역 하나를 건설하는데 지금의 몇 배나 되는 시간과 돈이 필요하게 될 것이다.

몇 배나 되는 시간과 돈을 들여도 갖가지 어려움에 봉착하게 될 것이다.

그러니 기업 이미지 관리는 필수다.

적어도 기가스 컴퍼니의 자유무역지역 사업이 전 세계에 거스를 수 없는 시대의 흐름으로 자리를 공고히 하기 전까지는 기가스 컴퍼니는 피해자여야 했고 정의의 대변자여야 했다.

반대로 미국은, 그리고 부시는 계속해서 무도한 권력의 상징이자 악(惡)으로 남아 있어 줘야 했다.

'일종의 페이스 메이커라고나 할까?'

그러니 사실 부시가 무개념하게 굴면 굴수록 혁준은 좋았다.

그래서 부시가 직접 찾아오더라도 그가 부시에게 해줄 말은 조율이나 수렴이 아니라 압박과 자극일 것이다.

물론 도가 지나치지 않는 선에서의.

세상이 보기에 '얼마나 억울하고 분하면 저럴까?' 싶을 만큼만.

일종의 피해자 코스프레라고나 할까?

'뭐, 그것도 그 인간이 여기까지 찾아왔을 때의 얘기지만……'

"부시 대통령의 방불 일정이 언제까지죠?"

"이틀 후면 미국으로 돌아갈 거예요."

"어떨까요? 그 고집 센 늙은이가 과연 체면 불구하고 여기까지 찾아올까요?"

"예, 분명 그럴 거예요. 프랑스까지 와서 대표님을 만나지도 못한 채 돌아간다면 미국 내 여론은 더욱 악화될 테니까."

"하긴, 그렇겠죠. 음, 결국 만나긴 해야 한다는 건데……."

말끝을 흐리던 혁준이 문득 떠오른 생각에 눈을 빛내며 물었다.

"그럼 그럴 게 아니라 차라리 이쪽에서 먼저 그를 부르는 건 어떻습니까?"

"예?"

"이쪽에서 부시를 초대하는 거죠."

"하지만 그건… 말이 초대지 부시 대통령을 오라 가라 하는 거잖아요. 자칫 무례로 비춰질 수도 있어요."

아니, 적어도 부시는 분명 무례로 받아들일 것이다.

자신이 오랄 때는 콧방귀를 뀌더니 이제와 자신을 부르는 건 힘의 과시라고 밖에는 보여지지 않을 테니까.

"그러니까 최대한 정중하게, 예의와 격식을 갖춰야죠. 우리에게 대화의 의지가 있다는 걸 대외적으로 보여주는 것이기도 하니까."

말해 놓고 보니 이거 꽤 괜찮다.

대외적으로는 기가스 컴퍼니의 아량을 보여주는 것이니 기업 이미지에 좋고, 부시는 부시대로 불쾌하게 느낄 테니 그건 그것대로 좋다.

'그 자존심에 진상이라도 떨어주면 금상첨화인 거고.'

생각하니 절로 득의한 웃음이 지어진다.

'흐흐. 이거야말로 일석이조인 거지. 임도 보고 뽕도 따고, 도랑 치고 가재 잡고, 누이 좋고 매부 좋고… 는 아닌가?'

아무튼 그렇게 득의해진 혁준은 그 즉시 부시를 마리니 궁으로 초대했다.

최대한 정중하게.

예의와 격식을 갖춰서.

물론, '최대한 정중하게' 나 '예의와 격식을 갖춰서' 와는 상관없이 초대를 받은 부시의 얼굴은 사납게 구겨졌지만 말이다.

제54장
초대

"가시면 안 됩니다!"

국토안보장관 매그넘 테일러의 목소리는 강경했다.

"일개 기업인이 감히 미국 대통령을 자신이 있는 곳으로 부르다니요, 이런 경우는 없습니다!"

좀처럼 화가 가시지 않는지 숨소리마저 거칠었다.

매그넘은 야전군인 출신에 미국에 대한 자부심과 부시에 대한 충성심이 현 CIA 국장 포터 테닛과 더불어 부시파 중에 가장 강한 자였다.

부시라고 마음이 좋을 리가 없었다.

깨진 화병과 액자, 아무렇게나 내동댕이쳐져 어지럽게 널려 있는 각종 집기들…….

두 시간 전에 휩쓸고 간 그 광폭했던 폭풍의 흔적들이 방 안에 그대로 남겨져 있었다.

그 덕분에 마음은 좀 진정이 된 부시다.

부시가 매그넘을 보며 물었다.

"이제 방불 일정이 이틀밖에 남지 않았는데, 가지 않으면? 그 뒷감당은 어떻게 하고?"

부시의 말을 비서실장 멀렌더가 받았다.

"그렇습니다. 지금은 달리 방법이 없습니다. 이대로 그자의 얼굴 한 번 보지 못한 채 돌아가면 국민들의 여론은 걷잡을 수 없이 나빠지게 될 것입니다. 그땐 정말 지지율이 한 자리대로 떨어지게 될 것은 불을 보듯 뻔한 일이고 그렇게 되면 공화당을 지지하는 기업들은 연쇄 부도를 피할 수 없게 될 것입니다."

그렇게 되면 공화당의 자금줄은 막히고 자금줄이 막힌 공화당은 민주당의 공격에 속수무책으로 난도질을 당할 것이다.

"그래서? 비서실장님 말씀은 대통령님께서 그 건방진 동양인에게 머리라도 숙여야 된다 이 말씀이시오?"

"머리를 숙이시라는 게 아니라 지금은 어떻게든 기가스

컴퍼니와의 관계를 우호적으로 돌려놔야 한다는 말입니다. 그래야 후일을 도모하든 뭘 하든 할 게 아닙니까?"

강경파와 온건파의 접점 없는 논쟁이 다시 이어졌다.

그러자 아예 의자에 깊숙이 몸을 묻고는 눈을 감아버리는 부시다.

그렇게 두 시간 쯤 지났을 때였다.

다람쥐 쳇바퀴 돌 듯 결론 없이 이어지는 논쟁들을 듣고만 있던 부시가 무슨 생각이 들었는지 자리에서 몸을 일으켰다.

아니, 사실 무슨 생각이고 말고 할 게 없었다.

자신에게 놓인 선택지가 하나뿐이란 것은 이미 처음부터 알고 있었다.

처음부터 알고 있었기에 더 화가 났었다.

지금까지 시간을 끈 것은 그저 한 가닥 남은 자존심에 대한 부질없는 미련이었을 뿐이다.

"가지."

"하지만 대통령님……."

"어쩔 수 없잖아. 후일을 도모하는 것도 도모하는 거지만, 세상의 눈에는 내가 가해자고 기가스 컴퍼니는 피해잔데, 피해자가 내민 손을 가해자인 내가 뿌리친다면 세상은 나를 소인배라 비웃을 것 아닌가? 미국의 대통령이란 자리는 폭군은 될지언정 소인배가 되어서는 안 되는 자리란 말이야."

*　　　*　　　*

다음 날, 부시는 혁준을 만났다.

두 번째 만남이었다.

처음에는 대통령 당선자의 신분이었고 지금은 대통령의 신분이었다.

하지만 입장은 오히려 정반대가 되어 있었다.

"다시 뵙게 되어 반갑습니다."

정중하게 악수를 청해오는 혁준은 지난날과는 달리 여유가 넘쳤다.

지난 날 부시만큼 고압적이거나 거만한 태도는 아니었지만 그 넘치는 여유가 이 자리에서 누가 갑인지 여실히 보여주고 있었다.

반대로 건성으로 악수에 응하는 부시는 시종일관 딱딱하게 굳은 얼굴이었다.

불쾌하고 불편해 하는 기색을 조금도 숨기지 않았다.

다른 때, 다른 장소였다면 딱딱하게 굳은 얼굴이 상대를 주눅 들게 했겠지만 안타깝게도 이 자리에서 만큼은 미국의 대통령이라는 명함이 별다른 위협이 되지 못했다.

그렇게 상석도, 하석도 없이 서로를 마주하고 앉은 부시와 혁준이다.

느긋하기만 한 혁준과는 달리 일 분 일 초도 이 자리에 더 머물고 싶지 않은 부시다.

부시는 혁준을 보며 말했다.

"이 정도만 하지?"

혁준이 고개를 갸웃하며 물었다.

"이 정도라뇨?"

"내가 여기까지 찾아온 걸로 충분하지 않냐는 말이네. 나한테 이만큼이나 창피를 줬으면 지난날 내가 자네에게 했던 실수에 대한 대가로는 충분히 받아낸 것 아닌가?"

부시의 말에 혁준이 어이없어하며 말했다.

"제가 대통령님을 초청한 것이, 그래서 대통령님을 친히 이곳까지 오게 한 것이 제가 당한 모든 억울한 일들을 상쇄시킬 만큼 그렇게도 큰 죄일 줄은 몰랐군요."

이게 대체 무슨 개념인가 싶다.

"게다가 실수라구요? 보통은 다분히 고의적이고 악의적인 범죄를 실수라고 하지는 않을 텐데요?"

"하나 그전에 이미 분풀이는 충분히 하지 않았나? 자네 덕분에 미국은 충분히 힘들어하고 있네. 그 정도 했으면 할

만큼 한 게 아닌가?'

"자꾸 '충분히'라고 하시는데 대체 '충분히'의 기준이란 게 뭡니까? 그리고 분풀이는 분풀이일 뿐입니다. 저는 제가 입은 손해나 피해에 대해 어떠한 보상도 받지 못했습니다. 잘못을 바로 잡겠다는 의지도 전혀 보지 못했구요. 우리 연구원들 중에는 아직도 국가 반역죄의 죄목으로 억울하게 감금되어 계신 분들이 있습니다. 우리의 기술을 훔친 기업들에는 어떠한 처벌도 내려지지 않고 있습니다. 대체 거기 어디에 '충분히'라는 게 들어갈 수 있단 말입니까?'

"그래서 자네가 원하는 게 뭔가? 연구원들 풀어주고 기업들 몇 개 족쳐주면 만족하겠나? 물론 S&D의 사무엘 미추도 포함해서. 아니, 그자의 처분에 대해서는 특별히 자네에게 전적으로 일임하도록 하지."

큰 선심이라도 쓰듯 말하는 부시의 말에 그저 기가 막히는 혁준이다.

미국의 대통령이란 자리가 원래 그런 것인지 부시라는 인간이 원래 그런 것인지는 모르겠지만 세상의 상식과는 다른 상식을 가지고 있는 것 같다.

여기서 더 길게 얘기해 봐야 입만 아프다.

어차피 오래 마주하고 싶은 면상도 아니거니와 말이 통하지도 않는데 뭐 하러 아까운 시간 낭비할까.

그리해 혁준이 말했다.

"제가 미국에 원하는 것은 모두 다섯 가지입니다. 첫째, 지난날 미국 정부가 기가스 컴퍼니를 상대로 자행한 폭압과 만행에 대한 명확한 진실 규명. 둘째, 그로 인해 입게 된 물질적 피해에 대한 정확한 손해배상. 셋째, 지금까지도 억울하게 강금당해 있는 기가스 컴퍼니의 연구진들에 대한 즉각적인 석방과 그들이 입은 정신적, 육체적 피해에 대한 합당한 보상. 넷째 기가스 컴퍼니의 기술을 약탈해간 기업들과 거기에 관계한 모든 관련자의 엄중한 처벌. 그리고 마지막은 백악관의 공식적 사과입니다."

그렇게 말을 일단락 지은 혁준이 책상 서랍에서 두 개의 서류 봉투를 꺼내어 부시 앞에 내밀었다.

"이건 저희 측의 손해 금액을 계산한 것이고, 이건 저희 측에서 조사한 관련자들의 명단과 그 죄목입니다."

그렇잖아도 혁준의 말이 한 마디 한 마디 이어지는 동안 점점 일그러지던 부시의 얼굴이 서류 봉투 안의 내용을 확인하자 이젠 아예 보기 흉하게 구겨졌다.

혁준을 보는 눈은 어이없음과 노기로 물들었고 꽉 다문 입술은 당장 폭발이라도 할 듯이 파르르 떨렸다.

배상액은 사실 그렇게 크지 않았다.

오히려 '이것밖에?'라는 생각이 들만큼 적었다.

그도 그럴 것이, 기술을 훔쳐간 것에 대해서는 어차피 따로 해당 기업에 청구를 할 것이었고, 그 사건이 있기 전에 기가스 컴퍼니의 미국 내 기반을 대부분 다른 곳으로 옮겨 놓았기에 실제 손해액은 그리 크지 않았던 것이다.

문제는 관련자들의 명단이었다.

백악관은 물론이고 부시 행정부, 관공서에 이르기까지 이 일로 한 푼이라도 얻어먹는 자들은 모조리 다 포함되어 있었다.

이대로라면 부시파는 물론이고 공화당 관계 인사들 중 절반의 목이 날아갈 판이었다.

미국 대통령에 대한 예의인지 선심인지, 아니면 사냥감을 물어다줄 사냥개 한 마리를 남겨둬야 했던 건지 자신의 이름은 명단에서 빠져 있었지만, 공화당 인사 절반의 목을 날리고 자신의 목인들 무사할 리가 없었다.

"정말 나와 끝장이라도 보겠다는 건가?"

눈빛이 날카롭다.

목소리에선 터질 듯한 분노가 고스란히 느껴졌다.

혁준은 담담하면서도 단호한 어조로 대답했다.

"대통령님과 끝장을 보겠다는 것이 아닙니다. 어디까지나 잘못된 것을 바로 잡자는 거죠."

"아무리 그래도 내가 수용할 수 있는 수준의 것을 요구해야지! 과연 내가 이걸 수용할 수 있다고 보나? 이런 무리한 요구를 한다는 것 자체가 전쟁이라도 하자는 것 아니냔 말이야!"

"무리한 요구인지 아닌지는 세상이 판단할 겁니다."

"뭐?"

"오늘 제가 대통령님께 했던 다섯 가지 요구안은 내일 세상에 공개될 겁니다. 제 요구가 무리한 것이라면 세상이 저를 욕할 테고 제 요구가 정당한 것이라면 세상이 저를 응원하겠죠."

당연히 세상은 혁준을 지지할 것이다.

진실 규명과 손해배상, 무고한 자들의 석방과 죄 지은 자들의 처벌, 그리고 공개 사과는 피해자가 가해자에게 요구할 수 있는 지극히 당연한 것들이니까.

하물며 손해배상액마저 세상이 충분히 납득할 수준이다.

'어쩐지 나와 관련해서는 매사에 지나치리만치 공격적이던 이자가 배상액을 이렇게 낮게 책정한 것이 이상하다 싶더니만······.'

분명 이럴 목적으로 일부러 그렇게 낮게 책정한 것이리라.

"그래서? 그래서 여론이 자네의 손을 들어준다면 어떻게 할 텐가?"

"그럼 여기 이 명단을 비롯해서 그간 저희 측에서 조사한 모든 비리와 부정들을 세상에 공개할 것입니다. 기가스 컴퍼니의 기술이 미국에 다시 들어갈지 말지는 그 후 미국의 태도를 보고 결정할 것이구요."

"그러니까 말인즉슨, 명분과 정의를 칼자루 삼고 여론을 칼날 삼아 내 목숨 줄을 끊어놓겠다 이거로군."

"아까도 말씀드렸다시피 저는 그저 잘못된 것을 바로잡자는 것뿐입니다. 잘못된 것을 바로잡는 일에 대통령님께서 피해를 입게 되신다면 그건 심히 유감스러운 일입니다만……."

"내가 가만히 당하고만 있을 것 같은가? 비록 내가 여론의 도마 위에 올랐다고 해도 명색이 미국의 대통령이네. 내가 할 수 있는 일은 자네가 생각하는 것보다 훨씬 더 많네."

"그중 하나는 저를 죽이는 것일 테구요."

"자네 하나 죽이는 걸로 끝날 일이라면 벌써 그렇게 했겠지."

"이젠 그런 말씀도 그냥 하시는군요."

"이 지경이 되어서 내가 할 말 못할 말 가릴 게 뭐 있겠나?"

정말로 그랬다.

지금 부시는 궁지에 몰릴 대로 몰렸고 그런 만큼 정말이지 화가 머리끝까지 나 있었다.

그런데도 오히려 머릿속은 어느 때보다도 선명했다.

혁준의 생각을 완전히 알았고 이제 자신이 앞으로 뭘 해야 하는지도 안다.

부시가 몸을 일으켰다.

혁준에게서 양보를 얻을 수 없다는 걸 확실히 알았는데 뭘 더 미적거리겠는가.

*　　　*　　　*

"어떻게 되었습니까?"

부시가 마리니 궁을 나오자 초조히 기다리고 있던 멀렌더가 물었다.

"나와 전쟁을 하겠다더군."

"예?"

의아해하는 멀렌더에게 부시가 혁준과 나눴던 이야기를 그대로 전해주었다.

부시의 말을 듣고 난 멀렌더의 얼굴이 사뭇 심각하게 굳어졌다. 그건 그만큼 상황이 좋지 않다는 뜻이었다.

"확실히 좋은 칼을 가졌지. 그 좋은 칼을 사용할 줄도 알고."

이젠 인정할 수밖에 없다.

상대는 한낱 동양인도, 일개 기업인도 아니다.

돈과 기술력으로 무장한 채 명분과 정의를 칼자루 삼고 여론을 칼날 삼아 칼끝을 자신을 향해 겨누고 있는 강력한 적이다.

그러하기에 이 전쟁은 절대적으로 부시에게 불리했다.

하지만 오래도록 부시의 옆을 지켜온 멀렌더는 알고 있었다.

그가 단지 부친의 후광만으로 이 자리에 있는 것이 아님을.

수많은 정적과 전쟁을 치르며 숱한 위기를 헤쳐온 백전노장임을.

"그래서 어떻게 하실 생각이십니까?"

"어차피 둘 중 하나가 죽어야 끝나는 전쟁이야. 그럼 죽을 각오로 싸우는 수밖에 없잖아."

"하지만 대통령님의 말씀처럼 권혁준 그자의 손에는 좋은 칼이 들려있지 않습니까?"

"그렇지. 그자가 그 칼을 쥐고 있는 한은 승산이 없지. 그렇다면 간단한 일 아닌가?"

"……?"

"그 칼을 빼앗아 오던가, 아니면 칼날이라도 무디게 만들던가."

"어떻게 말입니까?"

"정치!"

"……?"

"그자의 칼이 명분과 정의와 여론으로 만들어진 것이라
면 명분을 부수고 정의를 혼탁하게 만들고 여론을 움직여야
지. 말 그대로 정치를 하겠다는 말이네. 그게 내 전문 분야
니까. 생각해 보니까 말이야. 내겐 내 방식대로의 싸움이 있
는 건데, 그게 내 성미에도 맞는 건데 상황에 떠밀리다 보니
얼떨결에 상대의 홈에서 상대의 룰에 맞춰서 싸우고 있더란
말이지. 그러니 싸움이 제대로 될 리가 있나? 나는 기업인
이 아니라 정치인인데 말이야."

잠시 말을 끊은 부시가 한 자 한 자 씹어뱉듯 말했다.

"이제부턴 나답게 싸울 것이네. 그리해 그자에게 톡톡히
보여줄 것이네. 정치가 왜 무서운 것인지, 국가 권력이 왜
절대적인 것인지, 미국 대통령을 상대로 전쟁을 건 것이 얼
마나 무모한 일이었는지! 내 뼈저리게 느끼게 해 줄 것이
야!"

빠드득 이까지 가는 부시의 눈빛에선 어떤 광기마저 보였
다.

제55장

역공

결국 부시가 아무 소득 없이 미국으로 돌아가자 부시와 부시행정부, 공화당에 대한 미국 내 여론은 걷잡을 수 없이 악화되었다.

레임덕이 가속화되는 것은 물론이고 탄핵의 압박 속에 임기를 채 1년도 채우지 못할 거라는 말까지 공공연히 나돌았다.

LA공항에서 한 남성이 체포된 것은 그 무렵이었다.

*   *   *

LA카운티 검찰의 빌 코인스는 경찰에서 넘어온 사건 보고서를 읽고 있었다.

[아프가니스탄 남성, LA공항에서 테러 용의로 긴급 체포]
—이름: 굴 하만
—출신지: 아프가니스탄 카불
—직업: 현재 조지아 공대 재학
—사건 개요: LA 공항에서 애틀란타 행 비행기를 탑승하던 남성의 가방에서 폭발성 물질 탐지, 긴급 체포. 굴 하만은 연구 재료일 뿐이라고 주장함.
—특이사항: 7년 전 아프간 무장 조직 헤즈비 이슬라미에서 1년 간 활동.

"이 사람들 이거 또 오버들 떨었군."

보고서를 검토해 보니 테러 용의라고 하기에는 미진한 부분이 많았다.

무엇보다 폭발성 물질이란 것이 테러용이라 하기에는 너무 극소량이었다.

'동봉된 물건들도 그렇고……'

굴 하만의 말대로 테러용이 아니라 연구 재료인 것이 분명했다.

단순 연구재료를 테러용 폭발물이라고 호들갑을 떨어댄 것이었다.

"아무튼 LA 경찰들은 이래서 안 된다니까. 칠십 노인이 지팡이만 들어도 살해 흉기 취급을 하니……."

워낙에 큰 사건들이 많이 터지는 도시였다.

특히 요즘은 나라 상황이 안 좋다 보니 민심은 더 흉흉해서 경찰들도 다들 예민해질 대로 예민해져 있는 상태였다.

그러니 과잉 진압, 과잉 대처가 빈번해지는 것도 이해는 된다.

다만 그로 인해 쓸데없이 일이 늘어나는 이 상황이 그저 귀찮고 짜증날 뿐.

빌 코인스는 더 생각할 것도 없다는 듯이 영장 서류에 기각 도장을 찍었다.

그런데, 바로 그때였다.

벌컥

난데없이 사무실 문이 열리며 검은색 슈트 차림의 사내 둘이 들어왔다.

"누구……?"

의아해하는 빌 코인스에게 사내 중 하나가 신분증을 내밀어 보였다.

'CIA 정보국?'

신분증은 확인했지만 어리둥절함은 그대로였다.

"CIA 정보국에서 제겐 무슨 일로……?"

"이곳 경찰에 폭탄 테러 용의자가 구금되어 있다 들었습니다."

"그렇긴 한데… 그자는 왜?"

"우리 측에서 따로 조사할 것이 있습니다. 협조 부탁드립니다."

"그러니까, 신병을 양도해 달라는 겁니까?"

그게 아니라면 경찰서로 바로 가서 조사를 하면 될 일이지 굳이 자신에게까지 와서 협조를 구할 필요가 없다.

아니나 다를까 사내가 고개를 끄덕인다.

빌 코인스가 물었다.

"FBI도 아니고, CIA에서 왜 단순 테러 용의자를 데려가겠다는 겁니까? 그 테러 혐의조차 방금 무고하다고 결론이 났는데……."

"혐의가 있고 없고는 우리가 판단할 일입니다. 그러니 당신은 그저 신병 양도 서류에 사인만 해주시면 됩니다."

사내의 거만하고 고압적인 태도에 살짝 비위가 상한 빌 코스인이 바로 반박했다.

"무혐의 방면으로 결정이 난 사람인데 신병을 양도하고

말고 할 게 어딨습니까? 아무리 CIA라고 해도 검찰에 와서 죄 없는 사람의 신병을 요구할 권리는 없습니다."

"그럼 국토안전보장성이면 어떻습니까?"

"예?"

의아해하는 빌 코인스의 앞으로 사내가 서류 한 장을 내밀어 보였다.

국토안전보장성 톰 지라이 장관의 날인이 찍힌 협조 공문이었다.

"그럼 이제 이 양도 서류에 사인해 주시겠습니까?"

그렇게 말을 하며 사내가 '이젠 좀 분위기 파악이 되냐?' 라는 눈빛으로 빌 코인스를 본다.

덕분에 분위기 파악은 됐다.

국토안전보장성까지 나선 마당에 자신이 할 수 있는 일은 사내가 내민 서류에 사인을 하는 것뿐이었다.

분위기는 파악이 되었지만 상황은 여전히 혼란스럽기만 하다.

양도 서류에 사인을 하면서도 찝찝한 마음은 조금도 가시지 않았다.

7년 전 아프간 무장조직에서 1년 간 활동한 것이 특이한 점이긴 했지만 그간의 행적이나 조지아 공대에서의 성적, 평가 등을 살펴보면 단언컨대 CIA가 관심을 가질 만한 위험

인물은 결코 아니었다.

심지어 소지했다는 폭발성 물질조차도 인명 피해를 주기에는 턱없이 부족한 극미량인데, 겨우 이 정도의 일에 국토안전보장성까지 나서서 그의 신병을 확보하려 한다는 게 도무지 이해가 되지 않았다.

빌 코인스의 그 같은 혼란은 그로부터 보름 후에 보게 된 기사로 인해 더욱더 가중되었다.

[알카에다, 또다시 미국 중심부를 노리다!]

―국토안전보장성에 따르면 폭발물 소지 혐의로 LA공항에서 긴급 체포된 테러 용의자 굴 하만은 조사 결과 세계적인 테러집단 알카에다의 사주를 받고 비행기 자폭 테러를 준비했던 것으로 밝혀졌다. 아프간 무장 조직 출신의 굴 하만은 그동안 조지아 공대 학생으로 신분을 위장하고 있었던 것으로 알려진 가운데 국토안전보장성은 그간 굴 하만과 접촉했던 자들을 소환, 공범 여부와 배후 세력에 대해 집중 조사할 것이라고 밝혔다.

"이게 대체……?"

알카에다는 뭐고 비행기 자폭 테러는 또 뭐란 말인가?

굴 하만이 몸 담았던 헤즈비 이슬라미는 테러 집단이 아니었다. 오히려 알카에다를 지지하는 탈레반 정권과는 정반대의 노선을 걷고 있는 반정부 무장단체였다. 게다가 폭발물이라고 해봐야 손에 쥔 채로 터져도 기껏해야 손가락에 화상이나 입을 정도의 극소량이었는데 그걸로 비행기 자폭 테러라니?

"대체 무슨 일이 벌어지고 있는 거야?"

*　　　*　　　*

혁준이 전 상무부 장관 미키 캔터로부터 전화를 받은 것은 바로 그 무렵이었다.

"장관님께서 어쩐 일이십니까?"

"아무래도 이곳 분위기가 심상치 않아서 연락드렸습니다."

수화기 너머로 흘러나오는 목소리가 꽤나 심각했다.

"분위기가 심상치 않다뇨?"

"얼마 전에 LA공항에서 폭탄 테러 혐의로 아프간 출신의 굴 하만이라는 사람이 체포된 일이 있었습니다."

"그런데요?"

"거기 검찰 중에 그 사건을 담당했던 빌 코인스라는 사람이 제가 하버드에서 재직하던 시절 제 제자였던 아이인데, 오늘 그 아이로부터 사건이 좀 이상하다면서 연락이 왔습니다."

"……."

"국토안전보장성이 발표하기로는 알카에다의 사주를 받은 비행기 자폭 테러라고 하는데 그게 전부 거짓일 가능성이 높다는 겁니다. 아무래도 부시 그 사람이 기가스 컴퍼니를 상대로 역공을 시작한 것 같습니다."

"역공이요?"

혁준이 이해가 안 된다는 듯 고개를 갸웃거렸다.

"비행기 테런지 뭔지, 그게 조작이든 어쨌든 그거랑 우리랑 무슨 상관이라구요?"

"굴 하만은 조지아 공대에 재학 중인 학생입니다. 기술단지가 완공되기 전 조지아 공대 연구실을 임시로 쓰면서 연구원들과 학생들 간에 꽤 깊은 교류가 있었던 것은 미스터 권도 잘 아실 겁니다. 아무래도 연구원들을 굴 하만과 엮으려는 것 같습니다."

"아직 연구원들에게 쓰인 국가 반역죄의 혐의도 완전히 다 풀리지 않은 상태잖아요?"

"그러니 엮기에 더 좋다고 생각한 것 같습니다. 실제로 제가 알아본 바로는 이번 일로 이미 연구원들 중 상당수가 소환을 당한 상태였습니다."

"그럼 그분들이 지난번처럼 그런 고초를 또 겪고 있다는 말씀입니까?"

"부시의 성향상 이미 작정을 하고 칼을 뽑아든 이상 지난 번 정도로는 끝나지 않을 것입니다."

순간, 혁준의 얼굴이 심하게 일그러졌다.

지난번 부시 정부의 패악으로 인해 430명의 연구진이 국가 반역죄의 혐의로 고초를 당했다. 그중 부시 정부에 회유된 자가 70명 남짓, 나머지 360명은 모진 고초에도 불구하고 기가스 컴퍼니와의 의리를 지켰다.

그런 만큼 그들에 대한 혁준의 마음도 각별할 수밖에 없었다.

당장은 국가 반역죄의 혐의가 완전히 풀리지 않아 미국을 벗어날 수 없는 몸들이지만 상황이 나아지는 대로 좋은 환경, 좋은 직위, 좋은 대우로 그간의 고생을 보상해 줄 생각을 가지고 있었다.

그런데, 보상을 해주기도 전에 부시 정부로부터 그전보다 더 큰 위협을 받고 있다고 하니 그들에게 미안한 마음과 부시에 대한 분노로 머릿속이 다 새하얘질 지경이다.

"그래서… 그렇게까지 해서 뭘 어쩌겠다는 겁니까? 설마 날 알카에다랑 묶기라도 할 작정이랍니까?"

"지금 돌아가는 상황으로 보면 가능성이 없지는 않습니다."

"그게 말이 되요? 기가스 컴퍼니의 대표가 오사마 빈 라덴이랑 친구 먹었다? 그런 말도 안 되는 걸 세상이 믿어줄 리가 없잖아요."

"세상은 믿지 않겠지만 미국인들은 믿을 수도 있습니다. 아무리 말도 안 되는 것이라 해도 열 사람 중 아홉 사람이 그것이 진실이라 외치면 말도 안 되는 거짓도 때론 진실이 되기도 하니까요. 가뜩이나 기가스 컴퍼니에 대한 미국 국민들의 감정이 그리 좋지 못한 시점에서 증거가 하나가 아니라 백 개, 천 개가 나오고 소환된 연구원들이 하나로 입을 모아서 기가스 컴퍼니와 알카에다의 관계를 시인한다면, 어쩌면 그 말도 안 되는 거짓말에 귀를 기울이게 될 수도 있지 않겠습니까?"

이미 세상의 눈 따윈 신경 쓰지 않기로 한 부시다.

그런 부시가 작정을 하고 달려든 이상 거짓 증거야 백 개고 천 개고 얼마든지 만들 수 있고 연구원들의 입에서 원하는 말을 나오게 만드는 것도 간단할 것이다.

"그렇게 미국 내 여론이 돌아서면 그땐 주저 없이 미스터 권을 향해 총구를 겨눌 겁니다. 최강 군사대국의 대통령으로서 말입니다."

지금이야 한 발만 잘못 내딛어도 탄핵으로 직결되는 만큼 나름 신중하고 조심스럽게 움직이고 있지만 자국민들의 여론만 든든하게 등에 업는다면 무슨 짓을 할지 모르는 것이 부시라는 사내고 또한 무슨 짓이든 할 수 있는 것이 미국 대통령이라는 자리였다.

미키 캔터는 사뭇 긴장된 목소리로 말했지만 혁준은 여전히 현실감을 느끼지 못했다.

알카에다니 뭐니 너무 뜬금없을뿐더러 그런 가당찮은 수작질에 미국인들이 넘어갈 거라는 생각은 들지 않았다.

하지만 미키 캔터는 클린턴을 백악관으로 밀어 넣은 이 분야의 전문가였다.

여론의 성질이나 동향을 누구보다 잘 알고 있는 그가 허튼소리를 할 리가 없었다.

"그래서 저는 이제 어떻게 하면 됩니까?"

"두 가지 길이 있습니다. 하나는 지금이라도 부시와 손을 잡는 것입니다."

"다른 하나는요?"

"버티기를 해야겠죠."

"……?"

"저들이 사건을 조작해서 거짓 선동을 하려 한다면 저들의 거짓말을 끊임없이 반박하고 추궁해서 여론이 한쪽으로 기우는 것을 막아야 합니다."

"결국 언론 싸움이라는 거군요."

"예. 아직은 미국 내 언론이 공화당 편이라고는 해도 민주당의 영향력 역시 작은 것이 아닙니다. 거기에 발터가와 체이서가의 도움을 받으면 버티는 정도는 충분히 가능합니다."

　"버티는 거 말고 그냥 이 참에 끝장을 내버리는 건요?"

　"예?"

　"저들의 거짓말을 반박하고 추궁만 할 게 아니라 확실한 증거를 찾아내는 거죠. 지금 그놈들이 하고 있는 개수작이 거짓말이라는 걸 증명할 빼도 박도 못할 확실한 증거를 잡아내면 그땐 진짜 얄짤 없이 탄핵 아니겠어요?"

　"그렇긴 합니다만…… 하지만 저들도 저들의 정치 생명을 걸고 벌이는 일인데 확실한 증거란 것을 그렇게 쉽게 찾을 수 있겠습니까?"

　"뭐, 하는 데까지 해보는 거죠. 그러다 안 되면 마는 거고. 그래도 이런 일에는 최적인 사람을 하나 알고 있으니까."

　지금 이 순간, 혁준의 머릿속에 떠오른 사람은 러시아연방의 푸틴이었다.

*　　　*　　　*

　─기가스 컴퍼니의 자금이 알카에다로 흘러들어간 정황을

포착하고 현재 면밀한 조사를 진행 중에 있습니다. 지난번에 잡힌 굴 하남은 여러 증언과 증거로 그 운반책이었던 것으로 확인이 되었죠. 기가스 컴퍼니의 막대한 자금이 미국을 적대하는 테러 조직에 흘러들어간 것도 문제지만 더 큰 문제는 기가스 컴퍼니가 미국의 군사 무기 기술에도 깊이 관여하고 있었다는 것입니다. 만일 기가스 컴퍼니가 미국의 신무기 기술마저 알카에다로 넘겼다면 차후 그 피해가 어떠할지는 차마 입에 담기도 무서울 정도입니다.

"저건 또 뭐래는 거야?"

미 국토안전보장성 장관이라는 자의 인터뷰를 보며 어이없어 하는 혁준이다.

알카에다에 자금이 흘러간 정황은 뭐고 신무기 기술은 또 뭐란 말인가?

미국 언론에서 이런 얼토당토않은 소리가 나온 거야 하루 이틀 일이 아니지만 명색이 미 국토안전보장성의 장관이라는 자까지 나서서 헛소리를 해대니 이젠 어이없다 못해 헛웃음마저 날 지경이다.

"저런 되지도 않는 개소리를 누가 믿어?"

혁준의 말을 차유경이 받았다.

"굳이 믿어달라고 하는 짓이 아니니까요. 부시 행정부에 대한 자국민들의 신뢰가 무너질 대로 무너져 있다는 건 누구보다 그들이 더 잘 알고 있을 테죠."

겨우 이런 수작질로는 미국 국민들의 신뢰가 돌아올 리는 만무했다.

게다가 근거조차 부족했다.

기가스 컴퍼니가 왜?

자본주의의 상징과도 같은 황금의 제국이 뭐 하러 알카에다를 돕는단 말인가?

조금만 양식 있는 사람이라면 기가스 컴퍼니의 기술 압박에 몰릴 대로 몰린 부시 행정부의 발악이란 것쯤은 충분히 짐작할 수 있는 일이었다.

"그럼에도 이런 수작질을 부리는 것은 신뢰를 얻기 위함이 아니라 의심을 주기 위함이죠. 사람을 믿게 하는 건 어려워도 사람을 의심하게 만드는 건 쉬운 법이니까."

하물며 그간 미국을 상대로 대놓고 도발하고 적대시하던 혁준의 발언이나 행동에 그렇잖아도 불만이 쌓일 대로 쌓인 미국 시민들이었다.

지금까지야 그 불만이 온전히 부시 행정부를 향하고 있었지만, 사람이란 본시 자신에게는 관대하고 남에게는 엄격하게 마련이었다. 자신들의 손으로 직접 뽑은 대통령을 비난하고 부정하는 것이 좋을 리가 없었다.

그런 차에 각종 언론 매체에서 기가스 컴퍼니와 알카에다의 연관설이 연일 제기되자 미국 시민들의 갈 곳 잃은 분노가 너무도 간단히 기가스 컴퍼니로 옮겨졌다.

논리보다도 우선하는 것이 미국인이라는 자부심이었고 그 자부심이 자신들의 대통령에 대한 비난을 거부하고 기가스 컴퍼니에 분노를 하게한 것이다.

그러는 편이 훨씬 마음 편하니까.

사람의 본성이란 것이 언제나 그렇듯 자신에게는 관대하게 마련이니까.

그로 인해 바닥으로 끝없이 추락하던 부시의 지지율이 멈췄다.

멈췄을 뿐만 아니라 기가스 컴퍼니 사태 이후로 처음으로 반등에 성공, 5~6퍼센트대까지 추락했던 지지율이 두 달만에 두 자리 대로 올라섰다.

하지만 그러한 기세도 오래 가지는 못했다.

공화당과는 반대편에 서 있는 언론들이 미키 캔터의 주도하에 부시 정부의 말을 반박하는 글들을 쏟아내기 시작한 것이다.

펜은 칼보다 강하다고 했던가.

글로 싸우는 전쟁은 그 어떤 전쟁보다도 치열하고 살벌했다.

어느 한쪽이 밀리는 순간 걷잡을 수 없이 정국의 주도권을 잃게 되는 것이기에 양측은 정말이지 필사적으로 서로를 물어뜯었다.

그 바람에 미국은 온통 혼란이었다.

*   *   *

"13퍼센트라……."

부시가 자신의 지지율 표를 보며 마땅찮은 표정으로 중얼거렸다.

"너무 낮아."

부시의 말에 비서실장 멀렌더가 말했다.

"하지만 두 달 전과 비교하면 충분히 만족할 만한 성과입니다. 무엇보다 탄핵 여론이 잠잠해진 것은 정말이지 고무적인 일이 아닐 수 없습니다."

"그래 봤자 일시적인 거 아닌가? 언제까지 눈 가리고 아웅하는 게 통할 거라고 보나? 국민들은 그렇게 바보가 아니라고. 지금이야 혼란스러워들 하고 있지만, 그게 진정되면 곧바로 다시 탄핵 얘기가 나올 테고 그때는 지금보다 그 불길이 더 거세질 거란 말이야. 그전에 뭔가 국면을 새롭게 해서 국민들의 마음을 완전히 잡아놔야 돼. 그게 안 되면 자네들이나 나나 여기 백악관을 나가야 되는 거고."

부시가 답답하다는 듯 이 자리에 모인 자들을 둘러보았다.

그러나 비서실장 멀렌더를 비롯해서 상무부 장관 구테에레즈, 국토안전보장성 조이 릴렛 등 그의 측근인사들은 꿀먹은 벙어리일 뿐이었다.

그도 그럴 것이, 딱히 방법이 없는 것이다.

회복이 불가능할 거라고 했던 지지율을 두 달 만에 이만큼이나 끌어올린 것만 해도 기적 같은 일이었다. 의심과 불신으로 가득 찬 국민들의 마음을 대체 무슨 수로 잡는단 말인가?

그렇게 모두가 난감한 표정으로 부시의 눈치만 보고 있을 때였다.

"제게 맡겨 주십시오."

정적을 깨고 나선 것은 CIA 국장 포터 테닛이었다.

무식하다 싶을 만큼 과격파에 단순한 사내였다.

일을 처리할 때는 그것이 오히려 상당히 실리적인 작용을 하지만 지금처럼 머리를 맞대야 하는 이런 자리에서의 발언권은 그다지 강한 편이 아니었다.

그래서 다른 때 같았으면 포터 테닛의 말에 눈살부터 찌푸렸을 부시지만 지금 부시의 눈에는 한 가닥 기대가 담겨 있었다.

지난 두 달 동안의 반등에 가장 공이 컸던 것은 포터 테닛이었다.

단순히 조지아 공대의 학생이었던 굴 하남을 폭탄 테러범으로 본 것도, 그를 알카에다와 묶은 것도, 기가스 컴퍼니의 연구원들을 고문하고 회유해 알카에다와 기가스 컴퍼니 간에 있지도 않은 거래를 조작한 것도 모두 CIA의 공작이었다.

게다가 지금 자신들 앞에 놓인 문제들은 순리적으로 처리해서 해결할 수 있는 일이 아니었다. 지금은 신중히 생각할 때가 아니라 과감히 행동해야 할 때였다. 그러하기에 적어도 지금 이 순간만큼은 이 자리에서 누구보다도 신뢰가 가는 것이 포터 테닛이었다.

"방법은?"

"이미 시작된 전쟁입니다. 그럼 수단 방법 가리지 말고 일단 이기고 봐야 합니다. 지면 끝이니까 말입니다."

"그래서?"

"우리에 대한 국민들의 불신을 지우고 기가스 컴퍼니에 대한 의심을 확신으로 만드는 방법! 분노입니다! 이성을 마비시킬 정도의 분노라면 고착된 정국의 국면을 송두리째 바꿀 수가 있을 것입니다!"

포터 테닛의 말에 부시의 눈빛이 날카로워졌다.

이어진 것은 침묵이었고 그 침묵은 꽤나 오래 이어져 장중의 분위기를 무겁게 가라앉혔다. 그리고 한참이 지난 후,

"나가들 있지."

포터 테닛을 제외한 모두에게 축객령이 내려졌다.

둘 사이에 무슨 이야기가 오갈지는 모른다.

하지만 대통령의 최측근 인사들인 자신들조차 들어서는 안 되는 것이라면 반대로 그들이 알아서 좋을 것이 없다는 뜻이기도 했다.

그렇게 모두가 조용히 물러나자 부시가 한층 더 매서워진 눈빛으로 포터 테닛의 단단한 눈빛을 마주했다.

"자, 이제 얘기해 보게. 이성을 마비시킬 정도의 분노, 어떻게 만들 것인가?"

*　　　　*　　　　*

따르르르릉 따르르르릉—

전화벨 소리가 시끄럽게 울렸다.

"뭐야? 지금 몇 시야?"

혁준은 귀를 따갑게 하는 전화벨 소리에 시계부터 확인했다.

12월 12일 AM 04 : 45분.

시계를 확인하자 짜증이 확 치밀었다.

하지만 짜증도 잠시, 발신자가 차유경인 것을 확인하고는 고개를 갸웃거렸다.

지금까지 단 한 번도 자신의 잠을 방해한 적이 없던 차유경이다. 그런 그녀가 이런 새벽에 전화를 걸어왔다는 것은 예삿일이 아니라는 뜻이었다.

혁준이 그렇게 의아해하며 수화기를 들자,

"대표님! 큰일 났어요!"

아니나 다를까, 수화기 너머에서 차유경의 다급한 목소리가 들려왔다.

"무슨… 일입니까?"

"미국의 세계무역센터가 지금 테러를 당했어요!"

"예? 그게 무슨……."

"일단 TV부터 켜보세요!"

차유경의 격앙된 목소리에 여전히 어리둥절해 하며 TV를 켰다.

TV를 켜자 딱히 채널을 맞출 것도 없이 긴급 속보라는 타이틀로 세계무역센터의 모습이 비춰지고 있었다.

그런데 1번 타워의 모습이 엉망이었다.

무슨 일이 있었던 것인지 타워의 상부가 참혹하게 부서져 있고 그 부서진 틈으로 시커먼 연기들이 뿜어져 나오고 있었다. 하지만 더 놀라운 것은 그 다음이었다.

대체 무슨 일인가 싶어 의아해 하는 바로 그 순간, 타워 주위를 배회하던 민항기 한 대가 그대로 2번 타워와 충돌해 버린 것이다.

그 장면에 충격을 받은 뉴스 앵커가 연신 '오 마이 갓!'을 외쳐댄다.

충격을 받기는 혁준도 마찬가지였다.

그러나 그건 단지 그 끔찍한 테러의 현장을 목격했기 때문만은 아니었다.

그 장면이 너무도 낯이 익었기 때문이었다.

'저거… 9.11이잖아?'

그랬다.

지금 TV 화면에 보이는 장면들은 이전 삶에서 보았던 9.11 테러와 완벽하게 똑같았다.

하지만 지금은 2001년 9월이 아니라 2000년 12월이었다.

9.11 테러가 발생하려면 앞으로 아홉 달은 더 있어야 했다.

"대체 왜?"

왜 이 끔찍한 테러가 이렇게 앞당겨서 벌어진 것이란 말인가?

그것도 하필이면 부시 정부와의 서열 전쟁이 막바지에 이른 이 시점에.

그 첨예한 대립 속에서 궁지에 몰릴 대로 몰린 부시 행정부가 악의적인 조작까지 마다하지 않고 기가스 컴퍼니와 알카에다와의 말도 안 되는 연관설을 주장하고 있는 이 상황에서.

더구나 이전 삶의 기억을 되짚어 보면 이번 테러로 인해 절망적일 정도로 흔들리던 부시 행정부의 입지가 무쇠처럼 튼튼해질 것은 자명한 일이었다.

"설마……."

순간, 의심 하나가 뇌리를 스쳐간다.

터무니없는 의심이지만 또한 누구나 해볼 수 있는 의심.

"아무리 권력이 좋아도 그렇지, 설마 이런 일까지야 벌였을려고…….

전쟁광일망정 그래도 사람이다.

자국민들의 시체 위에 성을 쌓을 만큼 악마는 아닐 것이다.

하지만 부정하면 부정할수록 들러붙은 의심은 좀처럼 뇌리에서 떠나지 않는다.

그때 수화기 너머로 한층 심각해진 차유경의 목소리가 들려왔다.

"상황이 좋지 않아요. 이 정도로 극악한 테러가 벌어진 이상 미국인들의 분노는 상상을 초월할 거예요. 당연히 강경파인 부시 행정부의 여론이 유리해질 것은 자명한 일이구요. 문제는 그 분노가 어디로 향할지 가늠할 수 없다는 거예요. 만일 이번 테러가 알카에다의 짓이기라도 하면……. 진실 여부와는 상관없이 어떤 식으로든 그 분노가 우리에게도 영향을 미칠 거예요."

"아니, 알카에다의 짓입니다. 부시라면 어떻게든 그렇게 몰고 갈 겁니다. 그것만이 그가 사는 길이고 그의 정권을 유지하는 길이며 우리와의 전쟁에서 승리하는 길이니까요. 미국인들의 분노를 등에 업으면 어떤 일도 할 수 있는 것이 미국 대통령이라는 자리니까."

강대국의 기준으로 때론 정치를 꼽고 경제를 꼽고 자원을 꼽고 인구를 꼽고 땅의 크기를 꼽지만, 마지막의 마지막에 가서 힘의 우위를 결정하는 것은 결국 군사력이다. 막강한 군사력 앞에서는 경제도 자원도 법도 윤리도 아무 의미 없다.

만일 미국인들의 분노를 등에 업은 부시가 기가스 컴퍼니를 상대로 무력 전쟁을 선포하기라도 한다면 아무리 신기술로 무장한 기가스 컴퍼니라도 항복을 선언할 수밖에 없는 것이다.

제56장

테러

2000년 12월 12일.

4대의 항공기 납치, 동시다발적인 자살 테러로 인해 미국 뉴욕의 110층 세계무역센터가 무너지고 워싱턴의 국방부 청사 펜타곤이 공격을 받았다.

그 천인공노할 대참사로 인해 항공기 탑승객 260명이 전원 사망하고, 국방부 청사의 사망 및 실종자가 130명, 세계무역센터 사망 및 실종자 수가 2,800~3,500여 명 등 90여 개국 3천여 명의 무고한 생명이 목숨을 잃었다.

당연하게도 세계 초강대국 미국은 순식간에 아수라장으

로 바뀌었고 세계경제의 중심이자 미국 경제의 상징인 뉴욕 또한 하루아침에 공포의 도가니로 변했다.

"미국 건국 이래 미국 본토의 중심부가 외부의 공격을 받은 것은 사상 유례가 없는 일로 이번 사건으로 희생당한 희생자가 3천 명이 넘을 것으로 추정되고 있습니다. 백악관은 전국의 정부 건물에 대피령을 내리는 한편 미국을 오가는 모든 국제 항공선을 차단시켰으며 국제연합 시어스 타워 등 주요 건물을 폐쇄하고 금융시장을 폐장하기로 결정했습니다."

혼란은 비단 미국에 국한된 것만은 아니었다.
이 역사상 유례없는 사태에 국제금리가 폭락하고 세계 증권시장이 흔들렸다.
과연 이 사건의 여파가 어디에까지 미칠지 세계 각국에서 촉각을 곤두세우고 있을 무렵, 부시의 공식 성명이 있었다.

"연방수사국의 조사 결과, 이번 사건의 범인들은 사우디아라비아와 이집트 출신의 조종사들로 밝혀졌습니다. 그 과정에서 사우디아라비아 출신의 국제 테러리스트인 오사마 빈 라덴과 그의 추종 조직인 알카에다가 유력한 용의자로 떠오른 상태이며, 그밖에도 팔레스타인 해방기구 산하의 무장 조직인 하마스, 이슬람 원리주의 기구인 지하드, 레바논의 헤즈볼라 등 다른 이슬람 테러 조직들도 이번 테러에 관여했을 것으로 판단하고 있습니다. 이것은 미국에 대한 명백한 테러 행위입니다. 우리 미국은 이런 폭력적인 테러 행위를 결단코 용납지 않을 것이며 이번 테러에 개입한 자들에 대해서는 사전 경고 없이 철저히 보복하고 응징할 것임을 천명하는 바입니다."

   그리고 사흘 후, 자신의 말이 결코 허언이 아님을 증명하듯 부시는 '무한 정의 작전'이라는 이름하에 빈 라덴이 숨어 있는 아프가니스탄에 지상군 투입을 결정했다.

*　　　*　　　*

   그것은 마치 전쟁 영화의 한 장면 같았다.
   날개를 펼친 채 날아가던 미사일 하나가 어느 순간 급격이 떨어져 내리더니 어떤 건물과 충돌했다.
   콰콰콰콰쾅—
   시뻘건 불꽃 위로 시커먼 연기 구름이 피어올랐다.
   그 건물은 칸다하르 탈레반 지휘 사령부였다.

그리고 미사일은 미군이 알카에다의 훈련 캠프와 탈레반 정부의 군사시설에 발사한 50기의 토마호크 미사일 중 하나였다.

21세기 첫 전쟁의 서막이었다.

혁준은 TV 화면 속, 무시무시하다 못해 장엄하기까지 한 그 장면을 보며 가슴속이 서늘해지는 것을 느꼈다.

절대적 위력의 폭력, 그 폭력이 언젠가 자신을 향할 수도 있는 것이다.

그렇게 무거운 마음으로 미군의 공습 장면을 보고 있던 혁준이 전화기를 들었다. 그리고 전 상무부 장관 미키 캔터에게 전화를 걸었다.

"장관님. 저 권혁준입니다."

"아, 미스터 권. 그렇잖아도 연락드리려던 참인데… 미스터 권도 뉴스를 보신 모양이군요."

"예, 지금 어떤 상황입니까?"

"이번 1차 공습은 그저 시작에 불과합니다. 곧 300기가 넘는 항공 전력이 아프가니스탄에 배치될 것입니다. 그리고 이번 1차 공습과는 비교도 안 되는 대공습으로 단숨에 아프가니스탄을 함락시킬 것입니다."

"미국 내 여론은요?"

"테러와의 전쟁을 선포하고 나서 부시의 지지율이 50퍼센트를 넘었습니다."

"50퍼센트나요?"

10퍼센트를 겨우 넘었던 지지율이 불과 일주일 만에 50
퍼센트가 넘었다니?

"그만큼 국민의 분노가 큽니다. 그런 만큼 보수 강경파
노선을 걷고 있는 부시를 지지하는 목소리도 높아지고 있구
요. 당장은 어떤 언론도 다른 목소리를 낼 수가 없습니다.
현 정부를 부정하는 것이 자칫 테러 조직들을 비호하는 것
으로 비춰질 수도 있기 때문입니다. 지금 미국 내 분위기가
그렇습니다. 이런 상황에서 2차 대공습이 성공해서 알카에
다를 섬멸하고 탈레반 정권을 괴멸시킨다면……."

"지지율은 지금보다도 더 높아지겠군요."

"90퍼센트를 넘길 거라는 게 저희의 관측입니다."

90퍼센트…….

"어떤 스캔들에도 넘어지지 않을 수치로군요."

"그렇습니다."

"그래서… 이제 어떻게 해야 하죠?"

"……."

"설마 이대로 두 손 놓고 있으라는 건 아니겠죠?"

"지금으로서는 그저 지켜보는 것 말고는 달리 할 수 있는
것이 없습니다."

"그렇게 팔자 좋은 상황이 아니잖아요? 90퍼센트가 넘는 지지율을 등에 업은 부시가 그 다음으로 총구를 겨눌 곳은 분명 나일 텐데……."

"아무리 국민의 절대적인 지지를 받게 된다고 하더라도 미스터 권의 뒤에는 프랑스가 있습니다. 프랑스가 미스터 권을 비호하는 한은 아무리 여론을 등에 업은 부시라도 함부로 움직이지는 못할 것입니다."

전혀 위로가 안 된다.

"그렇지 않아도 이 사건이 있기 전부터 알카에다와의 연관설을 주장해 온 자들이 아닙니까? 이런 얼토당토않은 일까지 벌인 저들이 단지 프랑스가 두려워 이 기회를 그냥 넘길 리가 없지 않습니까?"

"미스터 권은 이번 테러를 저들이 꾸몄다 생각하시는 것입니까?"

"예, 그렇지 않다면 시기가 너무 공교롭죠."

처음에는 설마 했다.

아무리 부시가 또라이라고 해도 설마 하니 고작 몇 년 되지도 않은 정권을 유지하고자 그런 미친 짓까지 벌였을까 싶었다.

하지만 아무리 생각해도 이건 시기가 너무 공교로웠다.

다른 사람들이 보기에는 그저 갑작스럽게 벌어진 테러로

보일 테지만 혁준에겐 달랐다.

이건 어떻게 봐도 9.11 테러의 재현이었다.

아홉 달 후에 벌어졌어야 할 테러가 난데없이 아홉 달이나 앞당겨 벌어졌다.

9.11 테러의 음모설을 믿은 적은 없었지만 상황이 이렇게 되고 보니 9.11 테러도, 그리고 이번 12.12 테러도 작위적인 냄새가 너무 강하게 났다.

"그… 럴 리가 없습니다."

미키 캔터가 혁준의 의심을 부정했다.

"아무리 정권이 중요하다고 해도 미국의 대통령된 자가 미국인의 목숨을 가지고 도박을 벌일 리가 없습니다. 3천 명이 넘는 사람이 죽었습니다. 더구나 이번 테러와의 전쟁은 아프가니스탄 하나로 끝나는 것이 아닙니다. 중동까지 내다보고 벌인 전쟁인 만큼 이 전쟁에 희생될 희생자들의 수는 필경 단위 자체가 달라질 것이 분명한데, 부시가 악마가 아닌 다음에야 어찌 그 같은 일을 벌였겠습니까? 그건 미스터 권의 지나친 비약이십니다."

말은 그렇게 했지만 미키 캔터의 목소리에도 분명 일말의 의심이 묻어나고 있었다.

미키 캔터만이 아니다.

미국의 정세에 관심을 갖고 지켜보던 이들이라면 누구나

한 번쯤은 그런 의심을 해보았을 것이다.

단지 의심을 떠올리는 것조차 소름끼치도록 무서운 일이라 그 의심을 더 이어가지 않았을 뿐.

"비약인지 아닌지는 두고 보면 알 일이죠."

혁준의 대답에서 묘한 뉘앙스를 느낀 미키 캔터가 물었다.

"혹시 뭔가 알고 있는 것이 있습니까?"

그의 목소리에 담긴 것은 한 가닥 끊지 못한 기대였다.

사실 상황이 너무 안 좋았다.

정국은 이미 지극히 불리해져 버렸고, 정국의 주도권을 틀어쥔 부시는 그 막강한 힘을 마음대로 휘둘러 대고 있다.

곧 피의 숙청이 이어질 것이다.

그걸 아는데도 속수무책 아무런 저항도 할 수 없다.

그 절망적인 현실에서 의지할 곳은 결국 혁준뿐이다.

혁준이 무심코 흘린 말 한 마디에도 간절해질 수밖에 없는 것이 지금 그들의 처지인 것이다.

그런데,

"아뇨. 아직은 그저 짐작일 뿐이죠."

혁준의 대답은 어딘지 의미심장한 듯하면서도 또 어딘지 무기력한 듯도 해서 그를 더 불안하고 답답하게만 했다.

*　　　*　　　*

[테러와의 전쟁에 영국군 합류 결정]

[미영 연합군, 아프가니스탄 전역 함락]

[탈레반 정권 괴멸, 과도 정부 수립]

[탈레반 전쟁 종결]

[부시 이라크 전쟁 선포]

상황은 미키 캔터가 예상했던 것에서 한 치의 어긋남도 없이 흘러갔다.

"영화를 한 편 만들어도 처음 각본 그대로 만들어지는 경우가 없는 법인데 이건 뭐……."

혁준이 연일 날아드는 전쟁 소식에 고개를 잘래잘래 내저었다.

차유경이 걱정스레 물었다.

"이제라도 교섭에 나서야 하지 않을까요?"

"교섭? 부시랑?"

"예, 지금은 아무도 부시를 막지 못해요. 맞서기에는 너무 강해져 버렸어요. 적이 강할 때는 일단 피하는 게 상책이고 피하지 못할 상황이면 엎드려야 하지 않겠어요?"

"그동안 내가 그렇게 그 인간 성질을 건드려댔는데 엎드린다고 살려줄까요?"

"그 성질 가라앉게 할 만한 것들이 기가스 컴퍼니에는 많이 있죠."

"케케묵은 은원은 잊고 앞으로 잘 좀 봐 달라 촌지라도 찔러주라 이 말입니까?"

"일단 소나기는 피하고 봐야 하니까요."

차유경의 말에 못마땅한 듯 이맛살을 구기는 혁준이다.

상황이 여러 가지로 불리하게 돌아가고 있다는 거야 잘 알고 있다.

유엔의 승인도 얻지 않은 채 일방적 독자적 군사행동으로 보복 전쟁을 시작한 탓에 국제 여론은 좋지 못했지만 오히려 그 덕분에 자국 국민에겐 전폭적인 지지를 이끌어낸 부시였다.

비록 오사마 빈 라덴과 알카에다를 소탕하는 데는 실패해서 하늘을 꿰뚫을 듯 치솟던 지지율이 잠깐 주춤하고 있기는 하지만 오히려 그 때문에 알카에다에 대한 미국인의 분노는 더 커진 상태였다.

만일 이런 상황에서 다시금 알카에다와 기가스 컴퍼니와
의 연관설이 기어 나온다면 미국인의 분노가 고스란히 자신
을 향하게 될 수도 있었다.

그렇게 되기 전에 부시와의 교섭에 나서는 게 현명한 일
이었다.

필요하다면 기가스 컴퍼니라도 통째로 넘겨줘야 했다.

하지만 그러고 싶지 않았다.

'아직은 포기할 때가 아니니까.'

국제 여론, 법, 제도 그 모든 것으로부터 자유로울 수 있
는 미국이라는 나라의 그 절대적인 무력 앞에 자신이 가진
기술력이란 것이 얼마나 하잘 것 없는 것인지는 잘 안다.

지금 자신이 얼마나 절체절명의 위기에 처했는지도 잘 알
고 있다.

그러나 아직이다.

아직 그에겐 숨겨둔 한 장의 카드가 있었다.

이번 테러만큼은 전혀 예측하지 못한 것이어서 그 카드가
이 순간을 대비한 것은 아니었지만, 그 카드가 지금 자신의
수중에 있지도 않았지만, 그래서 과연 자신에게 필요한 카
드일지 아닐지 그조차 확인이 되지 않은 상태였지만 그럼에
도 혁준은 자신이 있었다.

그것은 카드에 대한 믿음이 아니었다.

사람에 대한 믿음이었다.

'그 사람이라면……'

지금 이 순간 혁준의 뇌리에 떠오른 얼굴은 푸틴이었다.

'그 사람이라면 당장 손에 쥔 카드가 쓸모없는 카드일지라도 내게 가져올 땐 반드시 최고의 카드로 만들어 올 것이다.'

제57장

증거

거듭된 전쟁과 이어지는 승전보에 미국인들의 애국심은 더 고취되었고 자부심은 더 높아졌다. 이를 방증하듯 미국 전역은 창가나 잔디밭, 심지어 모텔이나 레스토랑에 이르기까지 성조기가 휘날렸고 성조기를 몸에 휘감은 학생들이 골목골목을 돌아다니며 '성조기여 영원하라'를 불러댔다.

그것은 국가 위기의 상황에 공포와 불안으로 강조된 애국심이라는 감정이 증오와 분노로 미국인들을 집어삼키고 있는 것이었다.

그리고 그러한 뒤틀린 애국심은 보복 전쟁을 진두지휘하

고 있는 백악관에 대한 무한한 지지로 나타나고 있었다.

"두 시간 전, 보스턴에서 총기 살인 사건이 있었습니다."

CIA 국장 포터 테닛의 말에 부시가 의아해했다.

미국 내에서 총기로 인해 일어나는 살인 사건은 하루에 백 건이 넘었다. 일상다반사로 일어나는 일로 포터 테닛이 자신을 찾아왔다는 게 이해가 되지 않았다.

"살인 용의자는 프랑크 로드라는 남자고 사살된 사람은 말밀 신 소디라는 인도계 시크교도인입니다. 살해 이유는 말밀 신 소디라는 사람이 오사마 빈 라덴처럼 턱수염을 기르고 터번을 둘러서였답니다."

포터 테닛의 말에 부시가 미간을 찌푸렸다.

"단지 오사마 빈 라덴을 닮았다는 이유로 죽였단 말인가?"

"비단 그 사건만이 아닙니다. 이와 유사한 사건들이 나라 곳곳에서 벌어지고 있습니다."

"흠… 그래서? 그게 별문제는 아닌 것 같은데? 오히려 국민들 사이에 내셔널리즘이 최고조에 달해 있다는 뜻이니 오히려 우리에겐 좋은 일이 아닌가?"

국민들의 국가주의가 깊어지면 질수록 보수 강경파에 대한 지지는 더 굳건해질 테니 부시 행정부로서는 오히려 반길 만한 일이었다.

부시의 말에 포터 테닛이 고개를 저었다.

"물론 내셔널리즘이 극에 달해 있기에 벌어진 사건이기는 합니다만 반대로 전쟁은 거창하게 진행되고 있는데 정작 오사마 빈 라덴의 꼬리조차 잡지 못하고 있는 것에 대한 불만의 표출이기도 합니다. 여기서 그들의 불만을 해소해 주지 않으면 극에 달한 내셔널리즘은 자칫 현 정부를 무능한 정부로 매도할 수도 있습니다. 지지율도 떨어질 것이구요. 더구나 이번 총기 사건의 피해자는 어쨌거나 미국에서 건실하게 생활하고 있던 미국인이었습니다. 비틀린 애국심에 대한 반대급부로 무분별한 분노와 보복에 대한 자정과 경각의 목소리가 높아질 것이고 전쟁에 대해서도 지금처럼 전폭적인 지지만을 하지는 않을 것입니다."

"그러니까 유통기한이 다됐다는 건가?"

"아직 유통기한이 다된 건 아니지만 다음 재선 때까지 지금의 분위기를 끌고 가기에는 힘이 떨어지고 있는 것이 사실입니다. 어차피 지금의 지지율은 일시적인 현상일 뿐입니다. 흥분된 마음이 가라앉고 분노와 증오가 걷혀진 다음에는 과연 지금의 지지율 중 얼마나 유지될지 아무도 장담할 수 없습니다. 하물며 그때까지도 오사마 빈 라덴을 잡지 못해 무능하다는 딱지까지 붙게 된다면……."

"하지만 방법이 없지 않은가? 오사마 빈 라덴 그 너구리

같은 작자가 도통 잡히지를 않고 있으니… 앞으로 몇 년이
더 걸릴지 모르는 상황이라며?"

"두 가지 길이 있습니다. 하나는 오사마 빈 라덴을 잡는
데 보다 총력을 기울이는 것이고……."

"지금까지도 코빼기도 보지 못한 놈인데 그런 놈이 제 때
맞춰서 잡혀줄까? 괜히 요란만 떨다가 창피만 더 당할 수도
있지. 다른 하나는?"

"국민들의 분노를 다른 방향으로 돌리는 것입니다."

"다른 방향?"

"알카에다의 배후!"

포터 테닛의 눈빛이 강하게 이글거렸다.

잠시간 그런 포터 테닛의 눈을 마주하던 부시가 의미심장
하게 물었다.

"흠… 드디어 오래 묵힌 빚을 청산할 때가 된 건가?"

"예, 이젠 때가 무르익었습니다."

"준비는?"

"마쳤습니다."

"그래? 그렇단 말이지?"

그렇게 의미심장하게 고개를 끄덕이던 부시가 수화기를
들었다.

*　　　*　　　*

"날세. 오랜만이군."

수화기 너머로 들려오는 목소리에 혁준은 습관적으로 눈살을 찌푸렸다.

"대통령께서 무슨 일이십니까?"

자연 혁준의 목소리는 딱딱하고 사무적이었다.

"자네에게 마지막으로 기회는 한 번 줘야 할 것 같아서 말이네."

"……."

"내일 국정연설이 있을 것이네. 국정연설의 주제는 테러 세력과 테러리스트들에 대한 선제적 공격이네. 물론 불가피하게 선제적 공격을 감행해야 될 대상도 발표가 되겠지."

"그 선제적 공격 대상에 제가 포함이 될 거라는 말씀입니까?"

"글쎄? 그만한 죄가 있다면 그렇게 되지 않겠나?"

부시의 말이 혁준의 귀에는 이미 그만한 죄를 만들어됐다는 소리로 들렸다.

새삼스럽지도 않았다.

테러가 있기 전부터 기가스 컴퍼니와 알카에다의 관련설을 퍼트려댔던 작자들이니 그 수작이야 뻔했다.

"그래서… 마지막 기회란 걸 얻으려면 제가 어떻게 해야 합니까?"

"자네와 자네의 회사는 의심스러운 구석이 아주아주 많네. 하지만 그럼에도 불구하고 미국은 자네와 자네의 회사를 아끼고 있네. 어떤 큰 죄를 지었더라도 한 번 정도는 눈감아줄 수 있을 정도로 말이야. 그만큼 자네가 가진 기술력을 높이 산다는 것이지."

"그래서요?"

"미국을 위해 일하게."

"……."

"이제부터라도 오직 미국의 권익을 위해서만 일을 하겠다고 한다면 지난 은원도 모두 묻어두고 내 기꺼이 자네를 안고 가지."

"미국의 권익을 위해서가 아니라 대통령님의 권익을 위해서겠죠."

"뭐, 틀린 말은 아니지. 내가 곧 미국이니까."

오만한 말투였지만 그 오만함이 자연스럽다.

그랬다.

지극한 오만함이 자연스러울 만큼 지금의 부시는 무소불위의 권력자였다.

"자, 어떻게 하겠는가? 이번에도 내가 내민 손을 부끄럽게 만들 작정이라면 그만한 각오는 해야 할 것이네."

부시로서는 어느 쪽이든 상관없었다.

포터 테닛의 말대로 기가스 컴퍼니를 알카에다의 배후로 만들어 국민들의 분노를 돌리는 것도 좋고, 세계경제의 핵으로 성장한 기가스 컴퍼니를 품어 미국 경제의 튼튼한 자금줄로 삼는 것도 좋다.

어느 쪽이든 앞으로 이어갈 자신의 정권에 든든한 초석이 되어줄 것이다.

그런 마음으로 느긋하게 혁준의 대답을 기다렸다.

사실 이런 상황에서 혁준이 선택할 수 있는 길은 하나뿐이었다.

세계 여론의 반대와 유엔 안보리의 만류에도 불구하고 끝끝내 이라크 침공을 감행한 부시였다. 목적을 위해서라면 세상의 눈도, 지탄도, 명분도 무시해 버리는 이 무도하고 막강한 권력자의 협박은 한 마디 한 마디가 그전과는 그 무게가 달랐다.

그걸 알기에 부시도 이번만큼은 혁준이 자신이 내민 손을 뿌리치지 못할 거라 확신하고 있었다.

하지만 잠시간의 정적 끝에 흘러나온 혁준의 대답은 풀죽은 항복 선언도 아니었고 살려달라는 구차한 애원도 아니었다.

"나란 놈은 말입니다. 오직 내 권익을 위해서만 사는 놈입니다. 지금까지도 그랬고 앞으로도 그럴 거구요. 그러니까……."

"끝까지 나와 맞서보겠다?"

"내 살을 깎아서 남의 배를 채워줄 만큼 고매한 인격은 되지 못해서요."

"한 줌의 살을 아끼려다 온몸이 불구덩이에 빠져 한 줌의 재가 될지도 모르는데?"

"누구의 몸이 불구덩이에 빠질지는 두고 봐야 알 일이죠. 대통령께서 제게 마지막 기회를 주셨으니 저도 마지막으로 충고 하나 드리겠습니다. 딱 여기까지만 하십시오. 이 이상 아무것도 하지 마십시오. 저와 제 회사에 대한 것도 모두 잊으십시오. 그럼 어쩌면 저도 대통령님을 잊어드릴지 모르니까."

*　　　*　　　*

쾅—!

전화기가 부러질 듯이 수화기를 내리친 부시가 이를 빠드득 갈았다.

"건방진!"

지금이라면 분위기 파악이 되었으리라 생각했다.

자신의 발아래 엎드려 어떻게든 살길을 찾으려 발버둥 칠 거라 그렇게 생각했다.

그러면 실컷 비웃어주고는 예전에 당했던 모욕을 통쾌하게 앙갚음 하리라 그렇게 작심을 하고 있었다.

그런데 살려 달라 엎드려 애원을 하기는커녕 오히려 꼴같잖게 충고질이다.

"대체 뭘 믿고?"

대체 뭘 믿고 아직까지도 이렇게 시건방질 수 있단 말인가?

"정말 뭔가 믿는 구석이라도 있는 거 아냐?"

상대가 너무 당당하게 나오니 괜히 께름칙한 기분이 든다.

그런 부시를 보며 포터 테닛이 고개를 저었다.

"이 상황에서 믿는 구석이랄 게 뭐가 있겠습니까? 기껏해야 프랑스를 믿고 까부는 것이 아니겠습니까?"

"프랑스? 허구한 날 유엔 등 뒤에 숨어서 입만 나불거리는 것들을 믿고 감히 내게 그런 시건방을 떨었다고?"

"너무 깊게 생각하실 필요 없습니다. 그자가 믿는 구석이 뭐든 간에 그저 발부리에 차이는 돌멩이일 뿐, 대통령님의 앞길을 막을 수 있는 것은 그 어떤 것도 존재하지 않습니다."

"때로는 작은 돌멩이에 발가락이 부러지기도 하는 법이야."

"그전에 제가 치우겠습니다. 그것이 돌멩이가 아니라 바위라 할지라도 말입니다. 그러니 대통령님은 하나만 생각하시면 됩니다. 대통령님의 선의를 거절한 그 자에게 그것이 얼마나 어리석은 짓이었는지 톡톡히 가르쳐 주는 것 말입니다."

포터 테닛의 말에 부시가 입꼬리를 말아 올렸다.

"듬직하군."

"당연히 제가 해야 할 일입니다."

"그래. 지금까지도 자네가 운전대를 잡았으니 남은 길도 자네에게 맡기겠네."

"그럼 내일 국정 연설은 계획한 대로 준비하겠습니다."

*   *   *

"하원의장님, 부통령님, 의원 여러분, 그리고 미국 국민 여러분. 기대로 맞이한 새로운 세기는 우리에게 큰 슬픔을 안겨주었습니다. 혹독한 경기 침체가 미국을 휩쓸었고 본토에 대한 천인공노할 테러도 있었습니다. 그럼에도 우리는 극복의 한 해를 보내며 악을 응징하고 정의를 지켜냈습니다. 하지만 세계 평화를 위협하는 악은 여전히 건재합니다.

그리해 미국은 정의와 평화라는 커다란 목표를 달성하기 위해 확고하고 지속적인 노력을 계속할 것입니다."

그렇게 시작된 국정연설의 주요 골자는 크게 두 가지였다.

하나는 테러 캠프를 폐쇄시키고 그들의 계획을 분쇄하여 그들을 정의의 심판대에 세울 것이라는 것과, 또 하나는 대량 살상 무기를 가진 테러 단체라면 자유와 생명을 지키기 위해서 선제적 공격도 감행할 수 있다는 것이었다.

그리고 국정연설이 있은 다음 날, 미국 국가안전보장회의가 반테러정책 차원에서 국가안보전략보고서를 발표했다.

그 내용인즉, 대량 살상 무기를 가진 테러 조직의 테러 가능성을 정확한 정보를 바탕으로 사전 저지한다는 것이었는데 사람들을 놀라게 한 것은 선제적 공격 대상의 테러 조직목록 중 가장 윗자리에 기가스 컴퍼니의 이름이 올려 있다는 것이었다.

[기가스 컴퍼니, 잠재적 테러 위험도 최상]

[기가스 컴퍼니의 대표 권혁준, 알카에다와 연결. 기가스 컴퍼니의 천문학적 자금이 알카에다로 흘러들어감]

―증거1. 권혁준 대표와 오사마 빈 라덴으로 추정되는 자와

의 통화 녹취록.

　―증거2. 오마르 알 사시니 등 알카에다 조직원 네 명의 증언.

　―증거3. 기가스 컴퍼니의 연구원 128명의 증언.

　―증거4. 알카에다에 1,200만 불이 흘러들어간 권혁준 대표의 차명 계좌 내역 및 지금 이동 경로.

　[알카에다를 통해 기가스 컴퍼니가 현재 개발도상국에 세우고 있는 경제특구의 주요 시설로 대량 살상 무기가 전해진 것이 포착되었고, 또한 몇몇 연구소에서는 대량 살상 무기의 자체 개발이 진행 중인 것으로 추측]

　―증거1. 대량 살상 무기가 개발 중인 것으로 짐작되는 인도의 할랄 네루 항만과 미얀마 네피도 경제특구의 연구소 시설 사진.

　―증거2. 대량 살상 무기 개발 및 보관에 필요한 관련 물품들 구입 내역.

　―증거3. 국제 무기 로비스트 린다 레이건의 증언.

　―증거4. 바르샤바 연구소 연구원 스와테크 타데우즈 외 세 명의 증언.

　그렇게 정리된 보고서에 세상이 놀란 거야 당연했다.

그리고 그 놀람이 채 가라앉기도 전에 미국의 군인들이 조사단이란 이름으로 보고서에 올라 있는 기가스 컴퍼니의 각국 연구소를 덮쳤다.

　이어진 것은 무차별적인 체포와 압수였다.

＊　　　＊　　　＊

　"현재 여덟 개 나라의 연구소 연구원들이 감금, 격리된 상태고 연구 자료들을 비롯해서 관련 문건들도 모두 압수당했어요."

　차유경의 말에 혁준이 눈살을 찌푸렸다.

　"이거 해도 너무 하는군. 부시 이 미친 인간, 대체 어디까지 갈 참이야? 아니, 미국이야 그렇다 쳐도 해당 국가들은 뭐가 이리 협조적이야? 지네 안방 문을 뭐 이렇게 쉽게 열어 주는 거냐고."

　"이번에 타깃이 된 국가들은 힘없는 개발도상국들이거나 미국에 심각한 수준으로 경제 지배를 받고 있는 곳들이에요. 미국이 함부로 해도 되는 나라들만 우선적으로 공격한 거죠."

　아무리 부시가 막나가기로 작정을 했다고 해도 독일이나 이탈리아 등 유럽 강국들을 상대로 그런 패악을 부리지는 못한다. 이곳 프랑스도 그래서 조용한 것이다.

"하지만 문제는 지금부터예요. 이번 일로 유엔을 비롯해서 국제 여론이 미국의 행위를 맹렬히 비난하고 있지만 그 비난 여론과는 반대로 미국에 동조하는 국가들이 늘어나고 있어요. 이미 영국은 미국의 행위를 세계 평화를 위한 정당한 조치라고 입장 표명까지 했죠."

"영국이? 하긴, 미국과는 사이 나쁜 형제 같으면서도 중요할 때는 항상 미국의 절대적인 우방이 되는 곳이니……."

"자유무역지역에 관련해서 우리와 아직 접점을 찾지 못하고 있던 것도 이유 중 하나겠죠."

"그거야 그것들이 말도 안 되는 욕심만 부려대니까 그렇지. 지네 나라에 자유무역지역을 만들어주는 것만 해도 감지덕지해야 할 것들이 유럽 내에서 프랑스와 같은 지원과 지위를 약속해 달라는 게 당체 말이 되냔 말입니다. 지들이 나한테 뭘 해줬다고? 미국이 날 핍박할 때 날 보호해 주길 했어, 편들어 주길 했어?"

"전후 사정이야 어떻든 그들의 입장에선 유럽의 패권이 프랑스로 넘어가게 둘 수는 없으니까요. 그럴 바에는 차라리 이참에 기가스 컴퍼니가 사라져 주는 게 낫다고 판단한 거예요."

"내 것이 될 수 없으면 누구의 것도 되지 못하게 하겠다?"

"그런 심보를 가진 국가들이 지금 미국을 지지하는 쪽으로 돌아서고 있는 거죠. 그렇게 돌아서는 국가들이 늘어날수록 테러와의 전쟁이라는 미국의 명분은 더욱 굳건해지는 거구요."

"흠……."

"상황이 많이 바뀌었어요. 얼마 전까지 세계의 눈은 미국의 거짓 주장에 대해 그것을 입증할 만한 증거를 원했지만 이젠 우리에게 우리의 결백을 증명할 증거를 원하고 있어요. 그 차이는 커요. 전 세계가 우리를 의심하기 시작했다는 거니까요."

"아무럼 미국의 대통령쯤 되는 양반이 설마 아무런 근거도 없이 이런 막장 짓을 하지는 않을 거다, 그렇게 생각하기 시작했다는 건가?"

"예. 그런 의심과는 별개로 그저 미국에 붙어 미국에 잘 보이려는 자들도 있고 그동안 우리에게 쌓였던 불만들을 이참에 터뜨려대는 자들도 있죠. 아직은 그래도 태풍 속의 휘파람처럼 작은 소리지만 조금만 더 지나면 그들이 내는 목소리가 세상의 여론을 흔들 만큼 커질 거예요."

"모든 게 부시 그 인간이 원하는 대로 착착 흘러가고 있다는 거로군."

"미국 내 지지율도 다시 80퍼센트대로 올라섰다고 해요.

물론 아프간 공격 당시 90퍼센트를 상회했던 것에 비하면 낮은 지지율이지만 그때와는 순도 면에서 달라요. 그때의 지지율은 그 기반이 오직 분노에 기인한 것이었어요. 분노만 가라앉으면 금세 꺼져 버릴 거품이었죠. 하지만 지금의 지지율은 달라요."

세계 최대의 막강 군사력과 막대한 자금력으로 오랜 세월 세계 위에 군림해 온 기성의 패권국가와 신기술을 내세워 세계 경제계를 뒤흔들고 있는 신흥제국간의 전쟁.

그건 이미 단순한 감정싸움의 범위를 넘어섰다.

이번 전쟁의 결과에 따라 팽팽하게 유지되고 있는 힘의 균형이 한쪽으로 급격히 기울어지게 될 것이다. 어느 쪽에도 붙지 않고 사태를 관망중인 대부분의 나라들이 승자 쪽에 붙어 패자의 살점을 갈기갈기 찢어 자신들의 허기진 배를 채우려 할 것이기 때문이다.

"세계 여론을 무시하면서까지 부시가 이런 무리하고도 직접적인 공격을 감행한 만큼 이젠 정말 둘 중 하나가 죽어야 끝이 나는 싸움이 되었어요. 그런 만큼 지금 미국 국민이 부시 정부에 보내는 지지는 짧고 변덕스러운 것이 아니라 그 자체로 비에도 바람에도 흔들리지 않는 굳건한 애국심인 거예요."

200년이 넘는 시간 동안 미국을 지탱해 온 그 뿌리 깊은 힘. 그것을 등에 업은 부시가 지금 얼마나 기세등등할지 보지 않아도 뻔했다.

"이제 시작이에요. 지금보다도 훨씬 더 맹렬하게, 그리고 전 방위적으로 우리를 압박해 올 거예요."

차유경의 예상대로였다.

부시는 기가스 컴퍼니가 진출해 있는 각 나라에 물리적, 정치적 공세를 거침없이 퍼붓는 한편으로 미국 내 혁준의 인맥마저 뿌리를 뽑으려 들었다.

그 첫 번째 타깃은 혁준이 미국에서 처음으로 사귄 친구이자 든든한 조력자인 칼리고 발터의 발터 가문이었다.

* * *

[발터 가문이 이룩한 황금 제국, 그 거대한 부의 실체를 파헤치다]

한 칼럼지의 기사를 읽어가는 혁준의 표정이 심하게 일그러졌다.

거기에는 정경유착에서부터 무자비한 기업 인수, 문어발식 회사 확장과 착취, 무분별하고 무차별적인 대규모 독과점행태 등 발터 가문이 지금의 황금 제국을 형성하는 과정에서 범한 악질적인 만행에 대해 적나라한 고발문이 기고되어 있었다. 사실에 기초했다고는 하나 모든 것이 지나치게 과장되어 있었다.

아니, 그것이 명백한 사실이라고 해도 상대가 발터 가문인 이상 이런 기고문이 가감 없이 실릴 수 있을 만큼 발터 가문의 이름은 가벼운 것이 아니었다.

그런데도 이 고발문은 단어 하나하나가 그리고 한 문장, 한 문장이 더할 수 없이 공격적이고 도발적이었다.

일개 칼럼지의 기자가 쓸 수 있는 기사가 아니었다.

또한 일개 칼럼지에서 내보낼 수 있는 기사도 아니었다.

"뒤에 백악관이 있지 않고서는 이런 기사가 나올 수 있을 리가 없죠."

"그러니까 이왕 내친 김에 미국 경제계도 새 판을 짜시겠다? 근데… 우릴 향해선 미사일도 서슴없이 날리려드는 인간이 일 처리를 너무 얌전하게 하는 거 아냐?"

"미국의 역사와 같이 했다고 해도 과언이 아닌 발터가예요. 아무리 기세등등한 부시라도 역풍을 생각하면 조심스러울 수밖에 없죠. 그렇다고 해도 그 얌전한 수단의 효과가 미비한 건 아니에요. 발터가의 모태인 LOQ 오일만 해도 기사 몇 줄에 여론 몰이가 시작되어 그 거대했던 공룡이 저항 한 번 못한 채 수십 조각으로 갈기갈기 찢겨진 전례도 있으니까요."

"아무리 그래도 발터가가 쉽게 무너질 리가 없지."

"하지만 가볍게 끝나지도 않을 거예요. 그럴 거라면 아예 시작도 하지 않았겠죠. 더 심각한 문제는 이 기사에 비리 관련자들로 지목된 사람들이 대부분 민주당의 거두들이라는 거예요. 부시는 이참에 정적인 민주당마저 짓밟을 심산인 거죠."

"기가스 컴퍼니에 발터가, 거기다 민주당까지… 테러 하나 터진 걸로 아주 제대로 뽕을 뽑으려드는구만."

"아무튼 제일 힘들게 된 건 미키 캔터 당 대표예요. 가뜩이나 어수선한 민주당인데 당대표로 뽑힌 지 겨우 보름 만에 이런 일까지 터졌으니… 지금쯤 아마 그 속이 말이 아닐 거예요."

"그런데도 내겐 전화 한 통 없네. 어지간하면 답답해서라도 대책을 물어왔을 텐데. 칼리고 그 노친네도 그렇고. 사실 따지고 보면 이게 다 나 때문에 벌어진 것이기도 한데 말이야. 원망까지는 아니더라도 푸념 정도는 늘어놓을 수 있잖아."

"이러나저러나 부시의 주 타깃은 대표님이고 가장 힘든 것도 대표님이란 걸 다들 아시니까요. 부담을 주지 않으려는 거죠."

"아무튼 누가 노친네들 아니랄까봐 생각들만 많아서

는······."

그런 그들과는 달리 비교적 젊은 프랑스 대통령 지크 사라크는 어려움에 직면하자 매일같이 혁준을 찾아와 앓는 소리부터 했다.

"무슈 권, 상황이 갈수록 안 좋아지고 있습니다. 이젠 국제 여론마저도 무슈 권의 해명을 촉구하고 있는 실정이고··· 이대로 침묵만 하고 있을 수는 없지 않겠습니까?"

조심스럽게 떠보는 말에 혁준이 가만히 지크 사라크의 얼굴을 보았다.

속내를 짐작하기 어려운 무감정한 눈빛에 지크 사라크가 곤혹스러운 표정을 지으며 연신 '이거 참', '이거 참'을 연발한다.

지크 사라크의 심정이야 모르지 않았다.

프랑스가 얼마나 난감한 상황에 처해 있는지도 잘 안다.

그의 말대로 국제 여론의 흐름이 너무 좋지 않았다.

미국과 그 우방국들은 물론이고 독일 등 미국을 비난하고 있는 반대편의 국가들마저 이젠 속 시원한 해명을 원하고 있었다.

그런 국제 여론의 눈치를 보랴 또 혁준의 눈치를 보랴, 요즘 지크 사라크는 하루도 편히 잠든 날이 없을 지경이었다.

"오늘 미 의회에서 무슈 권의 청문회 출석 요구가 있었습니다."

"나더러 지들 입맛에 맞게 다 짜여진 판에 가서 목을 내밀기라도 하라는 말입니까?"

"그건 아닙니다. 그래서는 안 되는 일이구요. 다만 미국 측 조사단의 입국을 더는 막고만 있을 수가 없는 상황이라… 여기서 여론이 더 악화되는 걸 막으려면 형식적으로나마 조사단에 협조를 하는 척이라도 하는 편이 낫지 않을까요?"

"그놈들한테 안방 문을 열어줬다가 뭔 수작질을 벌일지 어떻게 알구요?"

"그 부분은 심려 않으셔도 됩니다. 조사단의 조사가 이루어지는 동안 어떠한 조작도 있을 수 없게끔 철저히 감시를 할 것입니다."

뭔가 여지가 보이는 듯하자 지금까지와는 달리 꽤나 적극적으로 나오는 지크 사라크다.

이젠 혁준의 눈을 마주하는 그 눈빛도 강렬하다 못해 사뭇 비장하기까지 했다.

"제가 생각하던 것보다 더 심한 압박을 받고 계시나보군요."

혁준의 말에 지크 사라크가 비장한 눈빛을 이내 거두고 씁쓸한 미소를 입가에 머금었다.

"사실 세상의 여론이야 무시해 버리면 그만입니다. 명확한 증거가 나타나지 않는 한 미국이 아무리 날뛰어도 프랑스를 상대로 직접적인 무력 도발은 하지 못할 테고, 국제 사회의 여론이야 좋았다가도 나빠지고 나빴다가도 좋아지는 게 다반사니까. 국제 사회에서 쌓아온 프랑스의 힘과 지위는 이라크의 것과는 질적으로 다르니까 말입니다. 문제는 국제 사회의 여론이 아니라 국내 민심입니다."

국제 동향에 정치가보다도 더 예민하게 반응하는 것이 국민들이었다. 작은 풍랑에도 휘청휘청 대는 것이 민심이라는 것인데 지금 같은 태풍의 소용돌이에 프랑스 국민들의 민심이 흔들리는 것은 당연했다.

"아시다시피 민심의 향방에 따라 절대 권력의 군주가 될 수도, 무기력한 허수아비 왕이 될 수도 있는 것이 대통령이란 자리가 아닙니까? 또한 제가 바로 서지 않으면 무슈 권께 든든한 방어막이 되어줄 수도 없는 것이구요. 무슈 권께서 여기서 한 걸음만 양보해 주신다면 제가, 우리 프랑스가 지금까지보다도 더 크고 탄탄한 울타리가 되어 무슈 권을 지켜드리겠습니다."

그냥 둘러치는 말이 아니었다.

그 진정이 절절하게 와 닿았다.

프랑스의 대통령이 이토록 간절하게 매달릴 만큼 상황이 좋지 않다는 것도 알았고 부시가 얼마나 저돌적으로 그를 압박하고 있는지도 알았다.

지금은 천년고목의 굳건함이 아니라 갈대와 같은 유연함
이 필요한 때라는 것도 잘 알고 있었다. 하지만 혁준은 지크
사라크의 그 간절한 부탁을 단호히 거절했다.

"저는 미 의회의 청문회에 참석할 생각도, 조사단의 조사
에 성실히 응할 생각도 없습니다. 애당초 아무 죄도 없는데
청문회는 뭐고 조사단은 또 뭐랍니까?"

혁준의 말에 지크 사라크의 얼굴이 보기 안쓰러울 정도로
울상이 되었다.

하지만 혁준의 말은 그것으로 끝이 아니었다.

"대신 저 때문에 맘고생이 심하신 것 같으니 위로 겸, 감
사 겸 해서 선물을 하나 드리죠."

"……?"

이 상황에 선물이라니?

이건 또 무슨 자다가 봉창이란 말인가?

"꽤나 오래전에 러시아에 주문해 둔 것이 있었는데 어제
마침 도착을 했더라구요."

어리둥절해 있는 지크 사라크를 향해 혁준이 그렇게 말하
며 인터폰을 눌렀다.

"가지고 들어오세요."

그러자 혁준의 집무실 문이 열리고 차유경이 들어왔다.

아니, 차유경은 혼자가 아니었다. 그 뒤를 혁준의 비서진들이 저마다 커다란 상자 하나씩을 들고 들어와 지크 사라크의 옆에 놓았다. 차곡차곡 쌓여진 그 상자들을 보며 의아해하는 지크 사라크다.

"이게 다 뭡니까?"

"증거품들입니다."

"증거품?"

"지난 12월 12일 미국에서 발생한 항공기 납치 자살 테러가 현 미 행정부에서 벌인 자작극이라는 증거!"

"예?"

"대통령께서 하세요."

"……?"

"대통령께서 직접 그 손으로 미국을 세계의 왕좌에서 끌어내리시라는 말씀입니다. 프랑스의 오랜 숙원이 아닙니까?"

『세상을 다 가져라』 6권에 계속…

초대형 24시 만화방

신간 100%, 샤워실, 흡연실, 수면실(침대석), 커플석, 세탁기 완비

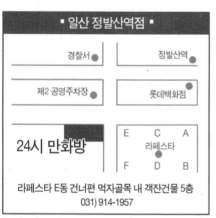

■ 일산 정발산역점 ■

라페스타 E동 건너편 먹자골목 내 객잔건물 5층
031) 914-1957

■ 강북 노원역점 ■

서울 노원구 상계동 340-6 노원역 1번 출구 앞 3층
02) 951-8324

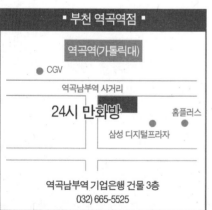

■ 부천 역곡역점 ■

역곡남부역 기업은행 건물 3층
032) 665-5525

■ 부평역점 ■

(구) 진선미 예식장 뒤 보스나이트 건물 10층
032) 522-2871

내일을 향해 쏴라

김형석 장편 소설

FUSION FANTASTIC STORY

1만 시간의 법칙!
'성공은 1만 시간의 노력이 만든다' 는 뜻이다.

그러나…
사회복지학과 복학생 수.
전공 실습으로 나간 호스피스 병동에서
미지와 조우하다.

1만 시간의 법칙?
아니, 1분의 법칙!

**전무후무한 능력이 수에게 강림하다!
맨주먹 하나로 시작한 수의
인생역전이 시작된다!**

Book Publishing CHUNGEORAM

유행이 아닌 자유추구 -
WWW.chungeoram.com

즐거운 인생

미더라 장편 소설

FUSION FANTASTIC STORY

A Bittersweet Life

**삶의 의욕을 모두 잃은 주혁.
어느 날 녹이 슨 금속 상자를 얻는데……**

"분명 어제도 3월 6일이었는데?"

동전을 넣고 당기면 나온 숫자만큼 하루가 반복된다!

포기했던 배우의 꿈을 향해 다시금 시작된 발돋움.
눈앞에 펼쳐진 새로운 미래.

**과연 그는 목표를 이루고
인생을 바꿀 수 있을 것인가!**

Book Publishing CHUNGEORAM

유행이 아닌 자유추구 -
WWW.chungeoram.com

이모탈 퓨전 판타지 소설
FUSION FANTASTIC STORY
워리어
Warrior
최강의 병기 메카닉 솔져,
판타지 세계로 떨어지다!
서기 2051년.
세계 최초의 메카닉 솔져 이산은
새로운 세계에 발을 딛게 된다.
"나는… 변한 건가?"
차가운 기계에서 따뜻한 피가 흐르는 인간으로!
카이론의 이름으로 새롭게 시작하는
진정한 전사의 일대기!
Book Publishing CHUNGEORAM
유행이 아닌 자유추구 -
www.chungeoram.com

PERFECT GAME
박선우 장편 소설
FUSION FANTASTIC STORY
퍼펙트 게임
고통과 좌절의 시간들을 뛰어넘어
불사조처럼 일어나 세계를 제패한 사나이의 일대기.
대한민국을 넘어 메이저리그를 평정하며
명예의 전당에 헌정된 언터처블 투수, 이강찬.
강철 같은 어깨에서 뿜어져 나오는 그의 패스트볼은
무적이었으며 야구계에 길이 남을 신화였다.
야구만을 사랑했던 고독한 사나이.
그의 퍼펙트게임이 이제 시작된다!
Book Publishing CHUNGEORAM
유행이 아닌 자유추구
www.chungeoram.com